彼女が望むものを与えよ

サタミシュウ

角川文庫
21355

目次

I

彼女が望むものを与えよ

膝《ひざ》から爪先《つまさき》までをすっと伸ばして、脛《すね》に剃刀《かみそり》をあてる妻の姿はとてもエロティックだと思う。

僕の帰りがよほど遅くならないかぎり、僕と妻はいつも一緒に風呂《ふろ》に入る。妻が少し先に入り、体を流して湯船に入るタイミングで、僕も中に入る。妻が浸《つ》かっている間に僕は体や髪を洗い、それが終わると交代で、僕が湯船に入り、妻が体を洗い始める。

その間に、僕と妻はいろんなことを話す。今日の夕食の海老《えび》フライはおいしかったという話から、衣がさくっとした状態で揚げるにはどうしたらいいのかという妻のレクチャーに発展したり、一二月になると風呂に入る前に服を脱ぐのがつらいという話から、小型の電気ストーブを買おうかそれよりもいま欲しい電化製品は何か、それは僕の社販だとどのくらい安いかという買い物の検討になったり、さっきテレビでやっていた映画の脇役の俳優がかっこいいという話から、僕もその俳優のような無精ひげは似合うかどうかと語りあった後で、突然妻がふきだしたり。

だいたいはそんなどうでもいい話ばかりだが、なかなかゆっくり話をする時間も持てないので、それはいい「日課」だった。結婚して四年以上が経つが、この習慣だけは変わらない。もちろん結婚当初は人並みにいちゃいちゃしつつだったのだが、いつのまにかそんな艶《つや》っぽいことを抜きに、風呂場は僕ら夫婦の会話の場所となっていた。

そして月曜の風呂で、体を洗い終えた後で妻はむだ毛の処理をする。僕は湯船のへりに腕を乗せ、その上にあごを乗せるようにしてその様子をぼんやり見つめている。髪を洗ってトリートメントをしている間に、妻は洗い終えた体にもう一度ボディソープを泡立て、ゆっくりと剃刀を滑らせていく。

そのときのふくらはぎを見るのが、僕は好きだった。

妻が処理をするのは腕と足の膝から下にかけてだけだ。

「他のところはどうしてるの？」

処理をしているのをじっと見られているのにも妻が慣れたころ、僕は聞いたことがある。

「他のところ？」

妻は剃刀を洗面器にためた湯で洗いながら僕を見た。

「わきとか、そことか」

僕は妻の股間《こかん》のほうへ目をやる素振りをして言った。妻は恥ずかしそうに少し鼻を膨らませると言った。

「あなたがいない間にしてるわよ」

「そうだったの？」

妻は少し呆《あき》れたように笑った。

「夫の前でそれやるようになったら、私、女として終わりだと思う」

「終わっていいから、そこもやんなよ」

「いやよ」

妻が唇をとがらせて言って、僕は笑った。

それ以前もそれ以降も、妻はその僕の見ていないときに「ちゃんとした」処理をして、週に一度、僕の前で腕と足だけを剃《そ》る。

「そういえば」

僕は言った。

「昔は金曜にやってなかった？」

「金曜？」

「うん、それ」

僕の前で処理をしていたのはかつては金曜日だった。僕はそれを、土日の休み前にきれいにしておきたいのかなと勝手に考えていたが、いつからか忘れてしまったが、月曜の夜になっていた。

「そうだったっけ？」

妻は何か思い出すような仕草で言った。

「確か」

「たぶん」

妻は体を流しながら言った。

「土日もなんか忙しくなっちゃったからかな」

「そうか」

僕は頷くと、もう一度湯船に入る妻と交代するように立ち上がった。きれいにしたばかりの妻の腕が、ふっと僕の背中に触れた。

風呂を出て僕が「寒っ」と叫ぶと、湯船が揺れる音に合わせて妻の笑い声が聞こえてきた。

次の日、僕は取引先に出かけたついでに、そのまま同行した上司と少し酒を飲んで帰宅した。一一時近くになってしまったが、電話をしておいたので、妻は風呂に入らずに僕を待っていてくれた。

「もう飛び出すこともなくなったな」

体を洗いながら、僕が風呂の外を見るような仕草で言うと、妻はやがて意味を理解して笑った。

「ほんと。なんか急に赤ちゃんじゃなくなっちゃったよね」

「今日妹さんは？」

「来てくれた。あ、いまの嘘。妹には甘えてわがままばっかりで、赤ちゃんに逆戻りよ」

妻はしかめた顔を作って言った。

僕たちの息子は二歳と七か月になる。妻が言うとおり、赤ちゃんだとばかり思っていたが、いつのまにか、自分で三輪車を一所懸命こいだり、テレビの音楽番組から流れてくる歌に合わせて自分も歌いながら踊ったり、部屋中にミニカーを彼なりの「配置」をして遊んでいたりするようになった。

かつてはこうやって二人で風呂に入っているときも、急に起きて泣き出したりむずかったりして、どちらかがバスタオルを巻いて慌てて風呂を飛び出すことも少なくはなかったが、夜もきちんと決まった時間に寝るようになった。

食事ももう僕らと変わらないものを決まった時間に食べるようになって、おかげで仕事を終えて早くに帰っても彼には遅すぎる時間で、僕はなかなか息子と一緒に夕食を食べることができない。

火曜日には妻の妹が仕事が休みで、毎週のようにうちに遊びに来る。一日中妻の代わりに息子と遊んで、妻をのんびりさせてくれたり、なかなか一人で外に出ることもできない妻の気晴らしにつきあったりしてくれているようで、そういうときは姉妹水入らずのほうがいろいろ話しやすいだろうと、僕は逆に、仕事上の食事や酒を火曜日にすることが多くなった。

息子は妻の妹にすごくなついているようで、火曜日が来るのが待ち遠しいらしい。

「でんぐり返しができるようになったの」

「すごいじゃん」

「すごいんだけどね」

妻は溜息《ためいき》をつくような素振りをして言った。

「今日、ずっと私も妹もつきあわされたんだけど、できるようになったのが嬉《うれ》しくて、一日中、ずっとやってるの。それでやってるところを二人揃って見てないと怒るのよ」

「可愛いじゃん」

僕がぷっとふきだすと、妻も笑った。

「もう可愛すぎてどうしようかって思った」

「悔しいな。今度の土曜日、ずっと僕がそれを見ててあげるよ」

「そんなこと言わないほうがいいわよ」

妻は意地悪そうな顔を作って言った。

「三〇分、すごいすごいって拍手してるだけで、もうへとへと」

「じゃあ将来は体操選手だ」

僕は腕を組んで言った。

そこから、日常的な瑣末《さまつ》な話と同じくらい、風呂場における僕と妻の会話で大きな比率を占める「どんな子になってほしいか」「どんな風に育てるべきか」へと話はスライドしていった。

僕らはとてもくだらない想像と妄想をする。躾《しつ》けはどうするべきか、「お受験」はどうする、幼稚園に入ったら他の母親たちと仲良くなれるか、家族旅行に行くのはどこが大丈夫でどこが無理か、将来的にクルマはワゴンを買うべきかなどなど。

そして僕の一言で今日のテーマは「将来の職業」になった。勉強がしっかりできるか芸術的才能をいかす方面の仕事に就いてほしいという妻と、まずは何よりもスポーツ選手に憧《あこが》れて頑張る子になってほしいという僕は、対立の立場を取って妄想の激論を交わし、長湯をしすぎた僕はすっかりのぼせてしまった。

「昨日の話の続きじゃないんだけどね」

翌日、妻は湯船に浸《つ》かりながら僕に言った。

「生涯打率を二割七分でキープする俊足の二番打者で決定じゃなかったっけ？」

「決まってないわよ。だいたい、野球選手ならせめてホームラン王とか言ってよ、そんな通の人が喜ぶようなことじゃなくて」

妻は呆れたように笑った。

「ねえ」

「なに？」

僕はシャンプーを手に取りながら妻を見た。

「前にも言ったけど、いつか仕事に戻りたいと思ってるの」

僕は気づかれないようにそっと息を吸い込んだ。

それは僕らの間で処理できていない問題のひとつだった。

お腹が大きくなったとき、妻は仕事を辞めた。そのときから、育児が一段落したら、別の会社でもいいから復職して仕事を続けたいと言っていた。正直、僕は「そんな先のこと」と思っていたし、実際に子供が生まれたら、妻はそんなことは言わなくなるだろうと勝手に思っていた。

でも妻はずっと、その願いを捨てずにいた。そしてその話をされるたびに、僕はのらりくらりと話題を変えた。深い理由はない。古い考えだと言われるのはわかっているが、子供もまだまだ小さいんだし、僕の稼ぎが少ないわけでもないので、僕はこのまま妻が専業主婦になって、家にいてくれればいいと思っていた。

「そんなに仕事したい？」

髪を洗いながら言って、言ったそばから僕は失敗したと思った。少し、僕の言葉にはとげがあった。

「どういう意味？」

妻が聞き返した。ごく普通のトーンで言おうとしているのはわかったが、僕が忍ばせてしまったとげを充分感じているのはわかった。

「いや、深い意味はないよ。ただ、どうするのかなって」

僕は「息子を」を省いて言ったが、そこには「家を」の意味もあった。

「君が大変になるだけのような気がするんだけど」

「でも、働いてるお母さんはいっぱいいるよ」

「わかるけど」

僕は洗面器をつかむと、妻と目を合わせないように早めにシャンプーを洗い流し始めた。しばらく、僕も妻も無言だった。

「その話するの、いやなのは知ってたけど」

僕が湯船に入った後で、妻はボディソープをスポンジに染み込ませながら言った。

「そんなことないよ」

僕は言った。今日ばかりは早く風呂《ふろ》から出たかった。

「いいの。ごめんね、いまの話、気にしないで」

妻は言った。もちろん、すぐに気にしないでいられるわけがなかった。これだけ仲のいい僕らでも、むだ毛のようには簡単に処理できないことはいくつかある。

四日後の日曜日は、妻の三二歳の誕生日だ。そこまでにこの微妙な空気だけは直しておかなくちゃと、僕は妻が体を洗う姿を見ながらそんなことを考えていた。

次の日は仕事が終わった後で、僕は同僚の沢口《さわぐち》と、沢口の妻の博子《ひろこ》と酒を飲んだ。博子も同じ会社に勤めていて、僕と沢口の二つ下の後輩になる。入社したばかりのころに博子と僕は一年ほどつきあっていた。沢口はもちろんそれを知っていたが、それからずいぶん経ってから今度は沢口が博子とつきあい出し、結婚した。

つまり友人同士の男に、一人の女が一方にはかつての彼女で一方にはいまの妻という不思議な関係なのだが、なぜか仲たがいすることもなく、ときどきこうして会社の近くのバーに、三人で集まることも少なくはなかった。

今年は暖冬でエアコン部門が苦戦してるとか、まったく宣伝費をかけていないミュージックプレーヤーがなぜか地味に売れてるとか、関連会社の支社長が本社勤務で戻ってくるけどポストはどうなるんだろうとか、しばらく自分たちの会社の話をした後で、博子が「康則《やすのり》、二人目はまだ？」と聞いてきた。

「いまは一人目で手一杯。まだ考える余裕ないかな。そっちこそどうなんだよ」

僕は昨日の妻の寂しそうな横顔を頭から振り払って、沢口と博子を見た。

「うちは変わらずよ」

「そうなんだ」

「そうなんだ」

博子の言葉に僕が返すと、沢口が同じ台詞《せりふ》を違うニュアンスで言った。

「このまま作らない？」

「たぶんね」

博子が答えると、沢口が続けた。

「まあ康則が自分の子供が可愛くてしょうがないのはわかる。うちも作ったら作ったでそのときは可愛がると思う。でも、いまの俺たちからしたら、子供がいる家なんか信じられないね」

沢口と博子の夫婦は後輩たちの間でも、ちょっとした羨望《せんぼう》の的になっている。二人ともルックスもいいし、お洒落《しゃれ》に気を使うし、都心の有名なタワーマンションに住んでいるし、当然家具類も僕が聞いたこともない北欧のメーカーのものばかりらしいし、新しい店がどうとかおいしいレストランがどうとかという話も詳しければ、休日は二人で美術館やら芝居やらを見て回ってるとかで、とにかく、若い社員たちは男も女も「結婚するならあんな夫婦になりたい」と口を揃えている。

博子は僕なんかと早々に別れて、沢口と結婚して正解だったのだろう。でも僕は負け惜しみではなく、二人を羨《うらや》ましいと思うと同時に、どこか寒々しさも感じてしまう。

「なんかさ、子供のせいで自分たちの生活が変わっちゃうの、いまはいやなんだよね」

「もっと二人で楽しみたいこといっぱいあるもんね」

最後に沢口と博子はそう言って微笑みあった。それはそれで幸せなんだろうなと思いながらも、僕は「きっと二人はうちみたいに、一緒に風呂に入ったりしないんだろうな」と考えていたりもした。

帰りが遅くなってしまい、妻はもう風呂から出た後だった。でも僕は沢口たちとの会話の「口直し」がしたかったし、昨日の気まずい雰囲気のまま今日も持ち越すのがいやだったので、湯船に浸かるタイミングで妻を呼んだ。

妻はパジャマがわりのスウェットを脱いで、Tシャツに短パン姿で、洗い場の椅子をふいて座った。

「博子さん元気だった？」

沢口と博子のことは妻にも話してある。最初はどんな事情であれ、昔の恋人と会うことをいやがるかと思ったが、必ずそこに夫も一緒にいるという事実のせいなのか、それに関して嫉妬《しっと》したりする素振りはなかった。

「相変わらず」

僕が言うと、そのニュアンスを読み取ったのか、妻は笑った。

「相変わらず素敵な二人？」

「すごくね」

少しだけ皮肉を込めて僕は言った。

「もし博子さんとずっとつきあって、あなたが結婚してたら、あなたもそうなったのかな」

妻は沢口たちのもろもろを「そう」と表現して笑った。

「なるわけないだろ」

「なるわけないよね」

僕も妻もふきだした。昨日の気まずさは、とりあえずもう感じずにすみそうだった。

「昔の彼にも一人いたよ。すごくお洒落でどんなことも詳しくて、かっこいいんだけど、かっこつけてる人」

「それ何番目の人？」

かつて博子の話をした流れで、僕は妻の昔の恋人の話を聞いたことがある。僕の前につきあったのは三人いたらしく、一人目は高校時代の初恋と初体験の相手の大学生、二人目は短大時代につきあった大学生、三人目は就職したときその会社にアルバイトに来ていたやはり大学生で、その男とは六年もつきあった末に別れてしまったらしい。

そして、二年近くのブランクがあって僕と出会った。僕は妻にとって四番目の男ということになる。

「三番目の人。二人でいるときは優しいんだけど、誰か他の人が一人でもいると……」

「かっこつけちゃうんだ」

「そう」

妻は思い出すような仕草をして笑った。

「だって自分がちゃんとしてるのはあたりまえだけど、私がお化粧適当だったり、髪がぼさぼさだったりしたら、絶対に人前に出そうとしなかったもん」

「そんなにひどかったの？」

「ひどいでしょう」

「いや、彼でなくて、化粧してないときの君」

僕が言うと、妻はしばらくしてから、鼻を膨らませるようにして、僕を睨《にら》む素振りをした。

僕は大声で笑い、寝ている子供が起きないかと慌てて口をつぐんだ。そして二人で、声を潜めて笑った。

せっかく一日で関係を元通りにしたのに、金曜日にまた僕らは気まずい空気に包まれてしまった。

湯船に入るなり、妻はそう切り出してきた。

「一昨日《おととい》の話だけど」

「うん」

「仕事に戻りたいって言ったでしょう」

「ああ」

僕は、自分の声が不機嫌にならないように注意して言った。すると妻は笑みを浮かべて首を横に振った。

「その話じゃないの。そうじゃないことでね、実はずっと思ってることがあるの」

「そうじゃないこと?」

意味がわからず聞き返すと、妻は僕のほうには顔を向けず、揺れるお湯のほうへ目をやって、小さく頷《うなず》いた。

「もし、あなたもそう思うなら、の話なんだけど」

妻が何を言おうとしているのかさっぱり見当がつかず、でもその真剣な顔つきからそれが「たいしたこと」であることはわかった。僕は動揺を見せないように、背中にタオルを回して洗いながら頷き、続きを促した。

「やっぱり兄弟っていたほうがいいのかな」

もっとも想像しやすい告白だったが、僕にとってそれは、まるで予想もしなかったことだった。

「そうだなあ」

気まずい空気になるのだけは避けようと、僕は体をこわばらせないようにして、わざとのんびりした声を出した。

「正直に言うと、次あるとしたら女の子がいいな」

言ったそばから、深刻にならないようにのんびり言うことには成功したけど、僕は答えを間違えたことに気がついた。

僕らが出会ってすぐに結婚を決め、挙式の前に妊娠がわかったときの妻の言葉を思い出す。

「絶対に男の子じゃなくちゃ、いや」

妻が自分の意見や気持ちのようなものを、あれほどはっきりと強い口調で言ったのは、後にも先にもあのときだけだった。僕は最初、何かの冗談のつもりで言ってるのだろうと思ったのだが、それは冗談などではなかった。僕が軽い気持ちで「女の子だっていいじゃん」と笑っても、妻はそのことに関してだけは、決して頷こうとも笑おうともしなかった。

　その理由は聞かなかったし、いまだにわからない。

だからいま、僕は自分がまた妻が笑わないような失言をしてしまったと思った。

「男兄弟もいいし、お兄ちゃんと妹っていうのも、なんか可愛いよね」

しかし妻はそう言うと笑った。僕はほっとした。とりあえず、「男の子じゃなくちゃ、いや」と言ったときの妻ではなかった。

　しかしそれでも、まだ僕らの間には処理できていないことがある。妻の切り出した話は、僕らにはもっともデリケートで重大な問題だった。

「でもどうして？」

　声が深刻にならないように努めながら僕は言って、洗い終えた体を流しがてら、シャンプーのために頭から湯をかぶった。妻が何も答えなかったので、僕は顔を手で拭《ふ》いてからもう一度言った。

「もう一人、ってことだよね」

　妻はゆっくり頷いた。

「仕事復帰もしたいんだけど、タイミング的にはいまが二人目を考えるときなのかなって」

「二人目」

疑問形のつもりだったが、僕の言葉はたんなる呟《つぶや》きになっていた。妻はまた、前を向いたまま小さく頷いた。

想像しやすいと思うのは、妻の言うとおり、子供が二歳のときに次の子供のことを考えるのはごくありふれたことだからだが、予想できなかったというのは、僕と妻の「関係」のことからだった。

「あなたは考えたことない?」

ようやく妻が僕を見て言った。僕が何と答えるのか、妻もどきどきしながら言っているのはわかった。僕は体を流し終えてから言った。

「考えてはいたよ、ずっと」

シャンプーに手を伸ばしかけたがやめて、僕は妻を見た。

「でも実際の問題として」

言いかけながら、僕は本当にそれを口にすべきか、まだ迷っていた。

「僕らには、もうそういうこと、ずっとないよね」

妻のお腹が大きくなってから、出産した後もずっと、僕と妻の間には「関係」がなかった。

どういうきっかけだったかはわからない。産後にしばらく気を使っていた間もあったが、その後も、僕がなんとなく切り出したときに妻が何気なく言った「体がちょっとつらいの。ごめんね」という言葉が引っ掛かっているのもあり、違うときに妻がそれとなく「大丈夫よ」というニュアンスで言ったことがあったのを、それが僕の勘違いでまた断られるのが怖くて頷かなかったこともあった。実際的なこととしては、夜泣きのひどい息子の世話で二人ともへとへとになっていたこともあり、理由はひとつではないと思うのだが、とにかく僕と妻は妊娠後、一度も体に触れあったことはなかった。

「そうね」

妻が言った。それが「いままではね」という意味なのか「もうこのままないわよね」という意味なのか、僕にはわからなかった。

僕は何も言葉が出てこなくて、急いで目を閉じてシャンプーを頭にふりかけた。

土曜日、僕は息子を散歩に連れ出しながら、妻の誕生日のプレゼントを探していた。女性のファッションになんかまったく疎いのに、青山《あおやま》の高そうな店に息子連れで乗り込んでいった。沢口と博子にレクチャーでもしておいてもらえばよかったと思いながら、店にいたいちばん上品な着こなしをしている店員をつかまえ、妻の全身の写真と、前に妻がぼんやり「これ素敵」と言ったファッション誌の切り抜きを渡し、「妻のプレゼントに、全部まかせますからこんな感じで一式選んでください」と言った。

店員は最初、目をぱちぱちさせていたが、やがて他の店員全員にまで感激され、僕は息子と手を繋《つな》いで気まずいまま店の端っこで、彼女たちが楽しそうに服を選んでいるのを待っていた。

妻は美容院に行かせている。家に帰った後はプレゼントを隠し、息子に妻へのバースデーカードを書かせた。

少しウェーブがかかっていた髪を、妻は前髪を揃えたストレートにしてきて、僕は驚いた。

「気分転換。幼すぎたかな」

妻は恥ずかしそうにうつむいた。

「いや」

僕は素直に言った。

「なんか、可愛い」

「からかわないで」

その夜の風呂《ふろ》は、昨日の話はしないまま、僕が妻の髪型をからかって終わった。

しかしどれだけ楽しく過ごしても、一度作ってしまったもやが消えるわけではない。

妻の仕事復帰をどうするのか、それとも彼女の言うとおり、その前にもう一人を作ることを、僕らの間にできてしまった問題を乗り越えて考えなければならないか。

日曜日、僕たちは妻の誕生日を祝った。僕が（というか青山の店の女性店員が）選んだブラウスやスカートやアクセサリー一式に着替えさせて、妻が行きたがっていたレストランに食事に行き、そこで乾杯と同時に息子がカードを渡すと、妻は顔をくしゃくしやにして涙をこぼしながら笑った。

沢口たちにはこの気持ちはわからないだろうなと、僕は嬉《うれ》しさの中でそんなことを考えてもいた。

しかし帰宅して息子を寝かしつけ、二人で風呂に入ると、さきほどまでの楽しさや笑顔が嘘のように、僕も妻も黙り込んだままになってしまった。お互いに、楽しかったからこそ、残ってしまったもやが解消できずにいることが気持ち悪いのもわかっていた。

ただ、無言の妻の心の声は僕には聞こえてきていた。

「私たちがいちばん幸せなことはどうなることだと思う？」


一日じっくり考えて、僕はひとつの結論を導き出した。

自分の気持ち、息子の今後、妻の決意。全部を考え合わせてやはりそれしか答えはなかった。

いや、正直に言えばそう考えたうえでの結論ではない。

僕にとっていちばん幸せなことは何か。

それはたぶん、これまでのようにこれからもずっと、妻と二人でこんな風に毎晩一緒に風呂に入りたいということだ。お互いにわだかまるものをなしにして。

僕はそのために選び取るべき道を選んだ。

「頼みがあるんだけど聞いてくれるか」

風呂に入っても僕は体を洗い始めず、妻が湯船に浸《つ》かるのを待って言った。妻は小首をかしげるようにして僕を見た。

「君がよければ」

僕は一度ごくんとつばを飲み込んだ。

「もう一人作ろう」

しばらくの間、妻は表情を変えずにじっと僕を見ていた。やがて、ふとうつむくようにすると、そっと湯をすくって顔をゆっくり洗った。涙をこらえているのか笑っているのか、それとも僕の言葉に納得せずに悩んでいるのかは、おそらく前者だろうと思いつつも確信はなかった。

僕はじっと妻の返事を待った。

やがて妻はすーっと大きく鼻で息を吸い込むと、震える唇を我慢するようにして笑みを浮かべた。

「ありがとう」

妻が僕を見た。僕もその目を見つめた。やがて、同時にふっと笑った。

その後はお互いに何も言わなかった。でも僕は、いつもだったら先に出るのに、妻の後にもう一度湯船に浸かった。

「また入る？」

「うん、ちょっともう一度入りたい」

「じゃあ、先に出てるね」

妻は恥ずかしそうに風呂場から出た。その瞬間「寒い」と呟いて、僕は笑った。

僕はゆっくり湯の中に身を沈め、ぶくぶくぶくと空気を吐き出した。そして三年以上なかった「そのこと」を思った。うまくできるんだろうかと、そんな少年のようなどきどきした感じまで味わっていた。

そのとき、風呂のドアの磨《す》りガラスの向こうに、また妻の姿が見えた。妻はそこで、一度着たはずのTシャツを脱いでいた。向こうからはわかるはずもないのに、僕は慌てて顔をそむけ、そのぼやけたシルエットを横目でちらちら見た。

妻は下着も脱いでいる。気づくと僕はまたぶくぶくぶくと泡を噴き出していた。

かちゃっと音がしてドアが開き、うつむいたままの妻が入ってきた。妻は椅子に座り、そのままじっとしていた。

ずいぶん経ってから、まさかと思いながらも僕は言った。

「ここで？」

すると妻は真っ赤になって首を横に振った。

「違う」

「じゃあ……」

「忘れてた」

「何を？」

妻はまたうつむいて、呟《つぶや》くように言った。

「びっくりしちゃったのと、嬉しかったので、忘れちゃってて……」

しばらく僕は彼女が何を言おうとしているのかまったくわからなかった。妻もどう切り出していいのかわからないかのように、うつむいたままだった。

「あ」

僕はようやく思い当たって言った。

「月曜日」

僕の言葉に、妻は恥ずかしそうな笑みをこぼして頷《うなず》いた。

「きれいにしておくね」

妻はそう言うと、剃刀《かみそり》に手を伸ばした。

II

火曜の朝の恋人

毎週火曜日の朝九時半に、私は東新宿《ひがししんじゅく》で彼女に会う。

よほどのことがないかぎり、火曜日は出社後すぐに得意先を数軒回りそのまま直帰するのがこの数年の決まり事になっていて、上司も私の終日の行動は認識していたし、何よりもきちんと「数字」を残していたので、緊急事態でもないかぎり途中で呼び出しを受けることもほぼなかった。

そんな火曜日の得意先回りを、私は半年ほど前から圧縮してすべて午後に回すようにしていた。そして私は東新宿へ向かい、彼女といつも同じラブホテルに入って午前中を過ごす。

ラブホテル街から少し離れた交差点でいつも彼女と待ち合わせをしているが、そのときにお互いに挨拶《あいさつ》を交わしたりはしない。

私は彼女の姿を認めると、黙ってその前を通り過ぎる。彼女も私のほうを見たり話しかけたりすることはなく、五メートルほど通り過ぎた私の後を、黙ってついてくる。やがてラブホテル街に入るが、そのときもその間隔は保たれたままだ。

私が先にホテルに入り、パネルからいつもの三〇三号室のボタンを押し、フロントの数センチしかない隙間から鍵《かぎ》を受け取ってる間に、彼女は後ろを通りすぎて二機あるエレベーターのボタンを押す。そこで、ようやく私と彼女は隣に立つ。

「これだけは」

エレベーターの中で、彼女は手で顔をぱたぱたとあおぐような仕草をして言った。

「いつまでも慣れない」

私は「そう？」という顔をして笑みを返したが、彼女はそんな私の顔を見て少し表情を変えた。おそらく、私がすでにいつもの私でなく、「そういうときの私」になっていることに気がついたのだろう。

私のセックスは「身勝手で気持ちいい」のだそうだ。彼女に言わせると私は、「ふだんの丁寧で優しい人と、まるで別人」でもあるらしい。

学生時代の友人でいまは小説家をやっている久石《ひさいし》という男にその話をしたとき、「どんな風にしてんの？　今度書き抜いてメールしてよ」と言われたことがある。言われたとおり「こんな感じだよ」と彼女との「パターン」を書いて送ったところ、すぐに彼から電話がかかってきて、「そんなセックス、ゴルゴ13かおまえしかしないよ」とげらげら笑われもした。

その日は、いつもの「ゴルゴ13のような」セックスを終えた後で、私はめずらしく彼女と一緒に風呂《ふろ》に入った。だいたいは彼女がシャワーを浴びてる間も煙草を吸っているので、彼女は少し驚き、慌てて胸を隠す素振りをした。私は笑って、バスタブに湯をはって先に入り、私にもたれかからせた彼女を後ろから軽く抱いた。

「めずらしいね」

左頬を私の右頬につけるようにして、恥ずかしそうに彼女が言った。

「特別サービス」

私はそう言うと指の先で彼女の乳房を、くすぐるように弄《いじ》った。体をよじるようにして、彼女は「もう」と可愛らしい膨れっ面をこちらに向けた。

「そういえば最近、ついに浮気の証拠が見つかったの」

また私の体の居心地のいい場所を探してもたれながら、彼女が言った。

「浮気？」

「ほら先週言ったじゃない。うちのお父さん、なんか浮気してるんじゃないかって」

「ああ」

そうだった。

「妹が実家に帰ってたんだけど、あまりに簡単にわかっちゃって、逆に怒る気もなくなっちゃった」

「簡単って？」

「だって居間に置きっぱなしにしてる携帯、メールの送信フォルダと受信フォルダ、彼女とのやりとりがそのまま残ってるんだもん」

「その前に父親の携帯を堂々と見るなよ」

私が笑うと、彼女も「だって」と笑った。

「堂々と置きっぱなしなんだもん。そうしたら、妹からその画面の写メ送られてきたんだけど、もうびっくりしちゃって。だって絵文字とかいっぱい使って高校生みたいなこと書いてるんだもん」

「お父さんいくつ？」

「五七。信じられないでしょう？　その彼女ともう何年も続いてるみたい」

「お盛んでいいじゃん」

私は体をずらしながら言った。彼女も胸を隠すようにしながら立ち上がると、肩をすくめてみせた。

部屋に戻って着替えをすませると、彼女は自分の携帯を「ほら」と差し出してきた。妹が撮ったらしい父親のメール画面だった。

「久しぶり(^.^)

元気ですか？　辞令が出て異動になったよ。社内でだけどね。そういえば、この前、ヒロコの夢を見ちゃったよ。夢の中なのにすごく疲れちゃったヨ。また連絡するね♡」

私が携帯から彼女に目を向けると、彼女は恥ずかしそうな呆《あき》れたような顔をして溜息《ためいき》をついた。

「それまではお母さんが可哀想とか妹と話してたんだけど……」

「これなら、許すしかないね」

私は笑った。彼女はまた溜息をつくと、携帯をぱちんと閉じた。

「でも一瞬どきっとした」

私は携帯に目を向けたまま言った。

「何が？」

「お父さんの恋人の名前」

「ヒロコさん？」

私は頷《うなず》いた。

「俺の奥さんと同じ名前。お父さんの浮気相手、奥さんだったらどうしよう」

私が芝居がかった口調で言うと、しばらくして彼女は「もう、やめてよ」といつもの膨れっ面をした。

私が彼女と火曜日の午前中にしか会わない理由は簡単で、私にも彼女にも家庭があるからだ。偶然だったが、私は彼女の夫と同じ三四歳、彼女は私の妻の広子《ひろこ》と同じ三一歳で、さらに偶然なことに、子供もそれぞれ二歳だ。

しかも近所に住んでいる。

初めて出会ったのは、日曜日の公園だった。競技場も併設されている大きな公園で、私は娘のベビーカーを押していて、彼女は息子のベビーカーを押していた。そのときはお互いの子供は一歳だった。そして向こうとこちらから、まったく同じタイミングでベンチに座った。

そこからはそういうシチュエーションにおけるごくありきたりな展開で、お子さんは何歳ですか、同じですね、このへんに住んでいるんですか、近いですねといった、子連れ同士の普通の会話が続いた。彼女はどちらかと言えば年よりも幼く見えるタイプで、笑うと少し垂れた目がなくなるくらい細くなるのが可愛らしかった。

ふだん忙しくて娘の世話を広子に任せっぱなしにしている分、私は土曜日と日曜日はなるべく広子を休ませ、そんな風に娘を連れていろんなところへ散歩するようにしていたのだが、その週からなんとなく、いつもその公園へと向かうようになっていた。

そうやってよく知らないが親しく話せないわけでもない女性と、子供を介した会話をするのはとても心地よかったからまた会えればと思っていたし、もちろん、なんとなく彼女に惹《ひ》かれていたのもあるだろう。

彼女はその公園がお決まりの散歩コースだったらしく、私は三回に一度くらいで彼女に会うことができた。そして互いの一歳の子供がむずかり出すまでの時間、とりとめのない会話は続き、やがてお互いのプロフィール的なことや、仕事のこと家庭のことも知り合うようになっていった。携帯のメールアドレスを聞いたときも、彼女は少し迷った素振りをしながらも教えてくれた。

子育てをする母親はやはり自由な時間が細切れで、遊びに行くことなんてほとんどないと笑った後で、彼女が「でも最近は妹が東京で働くようになって、彼女が休みの火曜日は来てくれるから、火曜日だけは少しのんびりできるの」となにげなく言った一言も私は覚えていた。

それまでの子持ち同士の会話が、これまでと違ったのは、私が広子の話をした勢いで、つい「でも最近、彼女も何考えてるのかよくわからないな」と言ったのがきっかけだった。

「そう？」

彼女は小首をかしげて聞いた。私は頷いた。

「やっぱり子供を産むと女の人はいろんなことが変わるのかな。考え方も体も」

「どうだろう。そうかもしれないけど、どうして？」

「そう思うの？」を省いて彼女は言った。私は少し迷ってから言った。

「実は妊娠してから、産んだ後もずっと、そういうのが一度もないんだよね。なんか言い出しづらい感じになっちゃって、お互いに」

広子とはいまでも仲もいいし、二人で娘の寝顔を覗《のぞ》き込んでいるときなど、私も震えるような幸せを感じるのだが、我々の生活にぽっかりそれだけが抜け落ちてしまったような感じだった。

「それって」

私の言葉に、彼女はしばらく考えてから言った。

「奥さんも同じこと思ってるんじゃないかなあ」

その言葉のニュアンスで、私はだいたいのことを察することができた。彼女も夫と「そう」なのだろう。

そこからはよく一か月で、彼女とそういう関係になれたものだと自分を褒めたくなる。私はその休日の短い時間と、頻繁なメールのやりとりで、熱心に彼女を口説き、ようやく彼女も私と二人で会うことを頷いた。

それが火曜日の朝九時半だった。

「作家じゃ絶対に書けない名文をありがとう。鬼畜」

その夜、小説家の久石に会った。久石は先日私が送ったメールをプリントアウトしてきていて、私が恵比寿《えびす》の焼肉屋に入るとそれをひらひらと振りながら笑った。

久石とはかつては頻繁に会ったり、二人きりで飲んだりするほど仲は良くなかった。しかし、彼女との関係が始まってしばらく経ったとき——もちろん私は彼女とのことを他の誰にも話してはいないのだが——久石ならば、妙なモラルだの一般論だのを持ち出さずに聞いてくれるような気がして、初めて「実は俺、浮気してるんだ」と告げてみた。

やはり久石はいっさい誰もが言いそうなことを口にせず、どころか私の話を聞いたときの第一声が、「その子、舐《な》め好き？　舐められ好き？」だったくらいで、すっかり肩の力が抜けてしまった私は、それ以来、なんとなく久石と二人で会うことが多くなり、彼女の話をするようになった。

「文章のことをプロに言われたくない。こっちは保険屋だ」

私は上着を脱ぎながら久石の前に座って、店員が差し出すおしぼりを受け取った。

「そうじゃないよ」

久石はいつものようにマッコリを瓶ビールで割りながら笑った。

「狙いじゃ書けないし、狙っても書けないってこと」

「別に自慢のつもりでも、笑いを取るつもりでもなかったんだけどな」

「だから底力のある素人は怖いんだよ。『このあとは彼女の番。ソファに座ったまま手で立たせてもらい、まあ口だな』って、プロには絶対に書けないって、『まあ口だな』は」

久石は下品に笑いながら私にもマッコリビール割りを作って差し出し、グラスをかちんとあてた。

「しかし会ってみたいもんだね、彼女。いまから呼べば？」

「呼べるわけないだろ。子持ちの母親だぞ。しかも彼女はそのうち仕事復帰するとか言ってたけど、いまはまだ専業主婦なんだよ。夜なんかとくに無理」

「火曜日の恋人、か」

久石は安っぽい小説のタイトルでも考えるような仕草で言った。

「笠原《かさはら》、その子って近所なんだっけ？」

「そうだけど」

私の住むマンションから、のんびり歩いても五分とかからないマンションに彼女は住んでいる。

「子供も同い年って言ってたよな」

「うん」

「となるとだ」

久石はにやりと笑うと腕を組んだ。

「もし彼女と長く続くと、近々に困ったことになるかもしれないわけだ」

最初は何を言っているのかわからなかったが、おかしそうに私を見る久石の顔を見ているうちに、彼が何を言わんとしてるのかがわかった。

「そうか……」

「笠原んとこでも彼女んとこでも、お受験でもしないかぎり、同じ公立の幼稚園と小学校になっちゃう可能性大ってことだ」

さすがに学区までは調べてはいないが、もしかしたら久石の言うとおり、私と彼女が今後、幼稚園や小学校で父兄として顔を合わせてしまうことはあり得なくはなかった。

「どうすんの？　よりやりやすくなってラッキーかもしんないけど、バレる可能性アップ、関係が終わっちゃったときの気まずさ倍、さらに倍」

「どう、すんだろうな」

「なんだよ他人事《ひとごと》みたいに」

焼き上がったハラミを私の皿に取り分けながら、久石が笑った。

「俺の嫁がこないだすごくいいこと言っててさ。うちの子も公立なんだけど、そうとう乱れてるらしいのね、その学校」

「乱れてるって、久石んとこだってまだ三年生とか四年生だろ？　いまどきはそんなに早いのか？」

私がそう言うと、久石は「ぽかん」とした顔の後で、げらげら笑い出した。

「馬鹿、子供じゃねえよ、その親だよ」

「そうか、そりゃそうだな」

私は肩をすくめてマッコリビールを口に運んだ。

「うちの子の上の学年なんだけど、親同士でくっついちゃったのが三組もあったんだって」

「親同士が？」

「な、驚くよな。それもすでにこの少子化のご時世、一学年が一クラスか二クラスしかないんだぜ。それもすでにシングル同士は一組だけ、これはまあ微笑ましくもあるけど、一組はどっちかだけがシングルでどっちかはちゃんとしてる略奪パターン、残りの一組はどっちも普通に夫も嫁もいたのにそれぞれ捨てての泥沼劇なわけだよ。信じられるか？」

私は首を横に振った。そして想像してみた。私と広子がそんなことになったとき、娘はどう思うだろうか。

「それ聞いてうちの嫁は激怒したね」

「そりゃそうだろう。当事者の子供だけじゃなくて、まわりの子供の教育上も良くないしな」

「は？　違うよ」

「違う？」

「その話をした後で嫁は言ったよ。『やってもいいけど近場でやるな！　気持ち悪い！』ってね。俺は思わず拍手しちゃったよ。さすが俺の嫁。いいこと言う」

「遠けりゃいいのかよ」

私は呆《あき》れて笑った。

「思わず合わせて、『やってもいいけどおばちゃんとやるな！　気持ち悪い！』って言っちゃったら、思いっきり嫁に睨《にら》まれたけどね」

「あたりまえだよ。なんだ、おまえもおまえの嫁も」

私はうなだれるポーズをした。久石は愉快そうに笑った。

「まあというわけでさ、笠原の彼女っていくつだっけ？」

「だから広子と同い年だよ。三一歳」

「ギリだな」

「ギリなのかよ」

私のむっとした言葉を無視して、久石は口に入れ過ぎたキムチにむせてから言った。

「でもいちばんいいときだ。せいぜいいまのうちに、お互いの子が小学校上がるまでに、ゴルゴ13ばりのセックスを楽しんでおきな」

「大きなお世話だよ」

私はふんと鼻で笑うと、マッコリをビールで割らずに飲み干した。


次の火曜日、いつものラブホテルでいつものような、久石いわくの「ゴルゴ13のような」行為を終えた後で、いつものようにマルボロを吸いながら、私は息を整える彼女の体をなんとなく触っていた。私は行為の途中から、ずっと広子のことを考えていた。

出産を機にセックスレスになる夫婦は少なくないとよく聞く。私が何人かの友人や知人に聞いたパターンを簡単に分ければ、セックスレスになる者、それまでと変わらない者、前よりもよりするようになった者になるわけだが、それぞれが自分こそがあたりまえだと思っている。

「子供産んだ後の女とやると」

ある友人はまるで尊い教えを伝えるかのような口ぶりで言った。

「子供を産んでない女とのセックスなんて、もうセックスとは呼べないね」

でも私はそれはすべて、肉体的な問題より関係性の問題のほうが大きいと思う。そうでなければ、子供を産んだ広子とはできずに、こうして同い年の子供がいる彼女と毎週できる意味がわからない。

「旦那《だんな》とはさ」

私は彼女に言った。彼女は目を開け、髪の乱れを直しながら私を見た。

「相変わらず何もない？」

私の言葉の意味を少し考えるような仕草をした後で、彼女は言った。

「あなたのほうは？」

「質問してるのはこっち」

私は笑って彼女の質問に首を横に振った。彼女は「ずるい」と口をとがらせてから言った。

「ないわよ。子供がいるせいもあるんだけど、ほら、いつ起きるかわからないし、手がかかるし、最初からずっと、そういう感じにはならないの。気持ちのことよりも、実際のことで」

私は頷《うなず》いた。確かに私と広子の場合も、娘の世話に追われているうちに、なんとなく「そう」なってしまったところはある。

「変なこと聞くけど」

私は言った。

「旦那も外でしてると思う？」

「え？」

不意の質問だったようで、彼女は鼻を少し膨らませた。彼女の驚いたときや緊張してるときの癖だ。

「考えたこともなかった」

「でも実際、旦那がいる君はこうしてるし、奥さんがいる俺もこうしてる。となるとうちの奥さんも君の旦那も、外でしててもおかしくはない」

これはここのところ、ずっと考えていることだった。彼女とこうして関係が進めば進むほど、同時に広子が彼女と同様に、他の男に抱かれてるのではないかという疑惑が大きくなってくる。それを考えると私はいつも不思議な気持ちになった。私の中に、叫び出したくなるくらいの嫉妬《しっと》と、「いっそ、そうしてくれてたらいいのに」という正反対の気持ちが、同時に湧き上がってしまうのだ。後者は私の浮気を正当化させたいというよりも、そのほうが同じ立場で夫婦としてのいい関係を続けられるような錯覚なのかもしれない。

「私にそんなこと言う資格ないってわかってるけど」

彼女はしばらく黙った後で言った。

「もしそうだったら、いやだな」

私は眉《まゆ》をひそめる彼女の顔をじっと覗《のぞ》き込んだ後で、すっと人さし指を向けて言った。

「資格なし」

彼女は一度目を閉じてから、「もう」と小さく笑った。

三〇三号室を出て、彼女と一緒にエレベーターに乗った。一階に着くと彼女は無言のまま、私に別れの挨拶《あいさつ》もせずにそのまま出口へと向かった。その間に私はフロントで精算をすませる。これもいつものパターンで、ホテルを出た後で私はいつも三〇メートルほど先をいく彼女の後ろ姿を見てのんびり歩く。

いつもはやらないが、そのときはなんだか無性に彼女をからかいたくなって、携帯のメールで彼女に「あ、旦那がそこに」と打った。我ながら子供じみてると思ったが、向こうで彼女がバッグから携帯を開く姿を見ながら思わず笑ってしまった。

やがて振り向きもしないままの彼女から、怒っている顔の絵文字だけが返信されてきて、私はまた笑った。

久しぶりに釣りに行った。かつてはどれだけ忙しくとも一か月に一度は時間を作っていたが、考えてみれば娘が生まれてからは初めてだった。

本当ならば渓流でヤマメやイワナを狙いたかったのだが、妻と幼い娘を連れての旅行を兼ねていたのでそうはいかない。秋川《あきがわ》渓谷の家族向けのキャンプ場の、ニジマス釣りで我慢することにした。後から考えれば、家族旅行にその程度の釣りを組み込んでも何も面白くはないわけだが、行く前まではとにかく釣り竿《ざお》を握れると思うだけでも嬉《うれ》しく、冷静な判断ができていなかった。

案の定、キャンプ場の川の釣り堀での釣りに三〇分としないうちに私はうんざりしていた。広子はもっと早く飽きていたようで、最初は娘を立たせて一緒に手を振ったりしていたが、ほんの数分で石を拾ったり水に手をつけたりする娘のほうにしか目を向けなくなっていた。

娘が倒れないようにかがんで押さえている広子の、ジーンズの腰のラインにベージュの下着が少し見えた。

こうして少し離れたところから見ると、広子はまだまだ私の好きなタイプの顔と体をした女だと思う。おそらく、隣に同じ格好で彼女がいたとして、両方とも見ず知らずの女だったとしたら、私は広子のほうを好みだと思うだろうと、そんなくだらないことを考えていた。

ニジマスがかかった。広子は気づかない。

この手のキャンプ場なら竿でもエサでもなんでもレンタルするなり買うなりできるが、私は自分で釣具屋で用意してきたミミズをつけ、またぼんやりと水面《みなも》へ目をやった。

もし、とまたしてもくだらないことを考え始めてしまう。

広子と離婚し、彼女も夫と離婚し、私と彼女が再婚したらどうなるだろうか。

考えたそばからナンセンスだと思う。しかし、私はそう思いつつも、彼女との生活を想像してみた。いまの私のマンションの部屋で、台所から振り向いてこちらに笑顔を向けるのが広子ではなく彼女だったら。一瞬体が震えた。とても甘い震えだった。それはとても、幸せなようにもエロティックにも思えた。

ただ同時にわかっていることもある。そんな風に生活を共にし始めた瞬間に、私と彼女も、私と広子のように、彼女の夫と彼女のように、これまでのような関係ではなくなってしまうことを。要は、いつでも続けたい関係のために結婚し、共に暮らし始めた瞬間に、その続けたい関係が別のものに変わってしまうという、それだけのことなのだ。ありふれた皮肉な話だ。

ただし別のものに変わってしまっても、かけがえのない新しいものを手に入れることはできる。

また簡単にニジマスがかかった。私はいいかげんにうんざりして、これでおしまいにしようと思ったが、その瞬間、後ろのほうで「パー」という声がした。

振り向くと、河原に座って広子が娘を抱っこしていた。娘は「パパ」の我が家での呼び名で私を呼びかけていた。私が釣れたニジマスを掲げると、娘はきゃっきゃっと笑って、拍手をするような仕草をした。思わず笑みがこぼれ、広子は携帯を取り出すと、幸せそうな笑顔でそんな私を写真に収めた。

春すぎに始まった彼女との関係は半年近くになって、今年ももう一一月になっていた。

その間、私と広子はセックスレスであることを除けばより仲が良くなっていっていたし、その仲の良さと没交渉の両方のきっかけである娘の成長は何よりも嬉しかった。そして毎週火曜日の彼女との逢瀬《おうせ》も変わらずに続いていて、どころかお互いに体が馴染《なじ》んできてよりセックスが「深い」ものになっていっている気がしていた。

私はとても妙な気持ちを味わっていた。広子のこと、娘のこと、彼女のこと、これらすべてが清濁合わせた形でバランスを保っているような、変な感じだった。

しかしそのバランスが崩れる瞬間は、私が予想すらしなかった形で訪れた。

いつもの火曜日の午前中を過ごし、彼女のシャワーが終わるのを待って、三〇三号室を出た。ボタンを押すと、二機あるうち右側のエレベーターが一階から上がってきて三階で止まった。そのとき私は、左側のエレベーターの表示階を見ていなかった。

彼女と一緒に乗り込み、一階のボタンを押した。

「来週、もしかしたら妹が来られなくてだめかもしれない」

呟《つぶや》くように彼女が言った。

「ほんと？　それは残念だな。でもなるべく会えるように……」

「頑張ってみるけど、だめだったらごめんね」

エレベーターが一階に着き、私は声に出さずに「わかった」と頷いた。エレベーターが開いて彼女が「じゃあ」という顔をして先に出た。私はその後に出て、左前方のほうにあるフロントへと一歩踏み出したときだった。

隣のエレベーターもちょうど開いたところで、そこから出てくる女と私は、同時にロビーに一歩目を踏み出すことになった。ふとお互いにちらっと目を向けた。

その瞬間、私の全身に一瞬で鳥肌が立った。おそらく相手もそうだっただろう。見間違えかと疑う必要もなかった。そんなたった一瞬で互いが動揺し、歩みだけは止めずに頭の中が真っ白になっていることが、互いにわかってしまったのだから。

広子だった。

先週出したばかりのコートを着た広子は凍りついたような顔をしたまま、彼女と同じように、一直線に出口のほうへと歩いていった。私は足を止めることができずに、いつものようにフロントのほうへ歩いていた。何の言葉も発することができなかったどころか、何ひとつ私の頭は考えることができなかった。

ちょうど彼女が出ていくタイミングで、私はフロントの前へ行き、その二秒後、再び静かに開いた自動ドアから広子は一人で出ていった。

微妙に距離を置いた私の斜め後ろで、男が手持ち無沙汰《ぶさた》のように立っている気配を感じながら、震える手で精算をすませた。私は釣りを受け取ると、財布にしまわずポケットに突っ込んで、出口へ向かった。

外へ出る瞬間、私はそっと振り向いた。見たこともない同い年くらいの男が、いまここで何が起きていたのかなど知ることもなく、のんびり金を払っていた。

外に出ると、彼女のいつもの後ろ姿は見えたが、広子の姿はどこにもなかった。

その夜、帰宅した私と、食事を用意していた広子ほど滑稽《こっけい》なものはなかっただろう。

私も広子も、まるで何事もなかったかのように会話をし、食事をし、娘をあやして寝かしつけた。私がソファに座ってぼんやりバラエティ番組を見ているふりをしていると、広子は食卓で新聞を読んでいるふりをしていた。「お風呂《ふろ》どうする？」とことさら普通を装って聞く広子に、「先に入っちゃっていいよ」と私もことさら普通を装って答えた。私の頭の中はほとんど機能していなくて、正直なことを言えば、怒りも嫉妬《しっと》も湧いてきてはいなかった。驚きやショックが大きすぎると、自分のキャパシティから感情すら除外されてしまうことを初めて知った。

向こうから広子がお湯を体にかけている音が聞こえていた。

私は自分でもなぜそんなことをしているのかわからないまま、服を脱ぐと風呂場に入り、荒々しく広子を後ろから抱きしめていた。

「いいなあ」

その週の日曜日の公園で、実は火曜日、妻があのホテルにいたという話を告白すると、彼女は一度は真っ青になったが、その夜に私が取った妙な行動のことまで話をすると、今度はそう言って遠くを見た。

「ごめん」

私はベビーカーをゆっくり揺すりながら言った。子供たちは二人とも眠っていた。

あのとき、私は風呂場で広子とそのまま行為に及び、「二人目を作ろうか」と口走っていた。そしてその夜、私は久しぶりに広子を腕に抱いて眠った。そのときもそれからも、あの火曜日の午前中に起きたことはどちらも口にはしなかった。

「ごめん？」

彼女が「?」という顔をして私を見た。そして私が妻とセックスをしたことに対して謝ったことに気づくと、彼女は「そうじゃなくて」と笑った。

彼女は息子のブランケットをかけ直した。

「私ね」

やがて彼女はまた遠くのほうへ目をやってから言った。広場の向こうでは、小学生の男の子が四人、一台のゲーム機を熱心に覗《のぞ》き込んでいた。

「実はずっと思ってたんだ」

「何を?」

「あなたとしてるとき、本当は夫とこんな風にしたいのにって」

私はその言葉を聞いた瞬間、なぜか妙な敗北感のようなものと、初めて、彼女の夫に対する嫉妬のようなものを感じ始めていた。

「そう、だったのか」

いまの私に、そんなことを感じる「資格」などないことがわかっていながら、どうしてもそれを止めることができなかった。

「いいなあって言ったのは、あなたが奥さんにしたことが、私も夫にいちばんしてほしいことだからよ」

彼女はそう言うとゆっくり微笑んだ。私にはそれに対する言葉はなかった。

「パー」

目を覚ました娘がむずかり出した。私はベンチから立ち上がると、ベビーカーから娘を抱き上げた。

彼女はそんな私を見て優しく微笑んだ。母親の顔だった。

私は娘を少し強く、優しく抱きしめた。

Ⅲ

プレタポルテ

一〇歳年下の若い女のほうがつきあいやすい男もいるのだろうが、僕の場合はどうやらそういうタイプではなかったらしい。

僕は結婚して八年になる。二四歳で結婚したのだが、普通はそのくらいの年齢で結婚するのは、大学時代からずっとつきあいが続いた彼女と、というのが僕のまわりでももっともありがちなパターンだ。しかし僕の場合その相手は、就職したテレビ局のイベント部の直属の上司だった。

結婚を機に部署は別々になったが、妻は僕から見ればずっと、役職で言えば二つ上、年齢で言えば八歳上になる。もう四〇歳だ。

決して年上の女が好きだとか熟女好みだとか、あるいは女性から見て僕が母性本能をくすぐるタイプだとか、そういうことはないと思う。実際、妻とも家庭ではごく対等に話をするし、子供がいないせいもあるだろうが、いまだにくん付けちゃん付けで呼びあっている。夫婦仲も悪くないし、セックスレスということもない。

しかしこの八年の間に、僕は外に二人つきあった女がいたのだが、その二人もやはり年上だった。一人は半年程度、一人は二年近くのつきあいで、それとごく最近のこと以外にいわゆる浮気というものはしたことがない。その浮気期間も、夫婦関係は何の問題もなく続いていた。

　一人目はマスコミ業界人の集まるような飲み会で知りあった、出版社に勤める一二歳年上の女。結婚してすぐのころで、僕は二五歳、彼女は三七歳だった。彼女も同業の男と結婚していて子供はなく、夫のことを「同志みたいなものよ」と笑っていた。

　そしてその夜、三軒目あたりで僕と彼女は二人きりになり、彼女から誘われる形で（直接的ではなかったが、それがわからないほどには僕は鈍感ではない）、ホテルに行った。彼女とはその後、おもに彼女の都合に合わせて月に二度ほど関係を持って、半年を過ぎたくらいのときにとくに理由はなく、あえて言うなら、いつもだったらそろそろ彼女から連絡がくるだろうというタイミングで、彼女が長期出張で海外に行ってしまったときを機に、なんとなく会うことはなくなった。

　二人目は、こういう言い方をすると自分でも笑ってしまうのだが、近所の酒屋のおばちゃん、だった。おばちゃんと言っても、僕が二七歳のときで、彼女は三五歳。妻と同じ年齢だった。

　僕も妻も定時で帰るような仕事をしていなかったため、僕は一人で帰るとき、その歩いて三分ほどの酒屋によく寄ってはビールやチューハイを買い、家に帰ってそれを飲んでテレビを見たり風呂《ふろ》に入ったりしていた。そんな風に三年も通っていたおかげで、道すがらで出会っても挨拶《あいさつ》を交わしたし（もちろん妻も）、彼女に小学四年生と二歳のともに男の子が二人いるのも、夫は配送や倉庫にいることのほうが多く、店のほうは彼女と、少し離れたところに住んでいるらしい夫の妹で切り盛りしていることなども知っていた。

店は火曜日が定休だった。ある水曜日、少し仕事が早く終わった僕はいつものように酒屋に寄り、彼女と少し話をした。「昨日寄ったら休みだって忘れてて、おかげで飲みそびれちゃったよ」といった軽口あたりから始まって、彼女自身の仕事時間はどうで、しかし残りも子供たちのおかげでほとんど自分の時間はないとか、酒屋で働いてるのに私はお酒はほとんど飲めないし飲む時間もないとか。

そんな他愛もない身の上話の流れで、仕事が休みで旦那《だんな》さんもいなくて、子供たちが夫の妹の家（そこにも子供が二人いる）にでも行ってるときくらいしか、そんなチャンスはないねと僕が言うと、「そうなのよ」と彼女は眉《まゆ》をひそめてみせた。なんだかその顔がものすごく可愛らしく見えて、僕は「じゃあそんな時間がぽっかりできたら、僕が酒の相手をしてあげよう」と冗談めかしながらも、言葉に「本気だよ」という空気を存分に込めて言った。

それが始まりで、それから二年間、月に三度会うこともあれば三か月に一度くらいのときもありながら、僕は彼女と関係を持っていた。だいたいはタクシーで二〇分くらいの距離のラブホテルだったが、ごくたまにシャッターを降ろした店でというときもあった（それはたとえば僕が閉店三〇分前くらいに買い物に来たとき、彼女がまさに「そのタイミング」だったりした、ごく数回の話だが）。

そんな関係もやはり、前の彼女同様、二人の間に何かあったというより、そろそろお互いが飽きてあまり関係をもたなくなったころに、彼女が三人目を妊娠して、おのずと終わりとなった（もちろん間違いなく夫の子だ）。その後は一度もそういうことにはなっていない。いまでも僕は、中学三年生、小学二年生、そして二歳の女の子の三人の母親となった彼女の酒屋にビールを買いに行って、お互いにそんなことがあったことすら覚えていないような感じで、挨拶を交わしていたりする。

前置きが長くなったが、これが僕のこの八年間のおもな出来事で、女性関係に限らずそれ以外はとくに人が面白がってくれそうなことも、特筆するようなこともない。一か月ほど前に三人目の外の女とセックスをしたが、そのこと自体もさほど面白くもなければ僕にとって大きなことでもない。

問題はこの間、たった二度だけ出会った女のほうなのだ。

しかしその彼女の話の前に、関係を持ったほうの女の話をしなくてはならない。名前はひろ子といって、歳は二三歳。僕はそれほど面倒に感じてはいないが、事実としては面倒なのが、ひろ子は妻の部署に大卒で入ったばかりの新入社員だということだ。

僕はひろ子で初めて、女のことを真剣に「つまらない」と思った。

決してそれを年齢のせいだとは思っていないし思いたくもないのだが、やはり九歳年下の女というのは、九歳年上の女とは明らかに違う。簡単に言えば、好きとか嫌いとか、いいところとか悪いところとか、感心するとか鼻につくとか、これまでの女はそんなことを問題にすら感じずにすんだ。そんなレベルの低い話を、彼女たちはとっくに越えていて、僕は煩わされることがなかったのだ。

もちろん人それぞれだ。若くても感心する子はいるし、大人でも鼻につく子はいる。でもたぶん、僕が感じ取っているのは、歳を取った女ならではの「どこか諦《あきら》めた感じ」なのだと思う。それは若さでも美貌《びぼう》でもいいし、結婚生活でも仕事でもいいし、自分の人としてのランクでも女としてのランクでもいい。何かを手に入れるために何かを手放してきたその感じに、僕は自分でも気づかずに吸い寄せられていたのだ。

それがわかったのが、何も諦めていない若いひろ子と会ったおかげなのだから皮肉なものだ。僕は「諦観《ていかん》」という言葉とは無縁のひろ子とセックスをして「つまらない」と思い、同時に、妻や出版社の女や酒屋の女がどれだけ自分に性が合っていたかを気づかされたのだから。

「相川《あいかわ》さんとこの新人アイドル」

土倉《とくら》と鈴木《すずき》という同期の男二人に呼ばれ、仕事帰りに馴染《なじ》みの居酒屋に寄ってみると、そこには若い女の子が一人いて、土倉は彼女をそう紹介した。それがひろ子だった。

「相川さん」というのは僕の妻のことで、結婚して戸籍上は僕の姓になったが仕事は旧姓のまま続けていた。

席に座った瞬間から僕は妙に気分が悪かった。土倉たちがこうして呼び出しているくらいなのだから、ひろ子はもちろん不細工ではなかったし、着ている服もそれなりに垢《あか》抜《ぬ》けていた。しかしどうしようもなく彼女からは、「自分を底上げしている感じ」が匂ってきてしまっていて、僕はそれだけでうんざりしていた。

それはそれでひとつの才能のような気もしないではないが、とりたてて美人というわけでもなく、とりたててプロポーションがいいわけでもなく、とりたてて会話が面白いわけでもないのに、なぜか男たちがちやほやしてしまうタイプの女がいる。おそらくそれは、その女の子の根拠のない自信に男がつきあわされてしまっているという構図だと思う。そういう女の子は、その自分メインでちやほやする男には鼻がきくから、そうではない男はまわりには寄せない。

なのでその場は、それなりな女たちともつきあってきたはずなのに土倉と鈴木はわかりやすい前者で、それほど経験豊富とは言えない僕が後者だったというわけだ。

土倉と鈴木は程度の低いひろ子の恋愛話に、おおげさに感心してみせたり、必要以上に笑ってみせたり、お世辞なのか口説きなのかはっきりしないラインで「ひろ子ちゃん可愛いもんなあ」「その男と代わりてえ」などと相づちを打っていた。僕はほとんど無言だった。ひろ子はそんな土倉と鈴木に、同級生にでも話すかのような口調で、台詞《せりふ》上は自慢にならぬよう、しかしそのトーンで自分がどれだけ男たちに言い寄られるかといった話を続けていた。

「相川さん素敵ですよね」

僕があまりにも何も言わなかったからか（もちろんひろ子は、僕が無口なのではなく、あえて喋《しゃべ》っていないことを薄々気づいている）、話が一段落したところで僕に向かって言った。すかさず土倉と鈴木が、「このぼんやりした男と違って奥さんのほうは」とか「もともと上司と部下だったんだけど、そりゃ結婚したときはその年のうちの会社のサプライズ一位だったよ」などと口を挟んできた。

「でも歳とか関係ないよね。好きになっちゃえば。逆にすごく年上の人でも結婚したいってことは、その好きが本物って感じする。でしょう？」

ひろ子は土倉、鈴木、そして僕の順番に目線を向けてそう言った。土倉と鈴木は即ひろ子に同意するような台詞を喉元《のどもと》まで用意したようだったが、僕はそこでようやく口を開いた。

「その前にさ」

僕はごく普通のトーンで言った。

「年上に敬語使えないの？」

怒りを含めない口調でそう言ったが、土倉と鈴木は瞬時に目をそらして、二人揃って慌ててグラスを口元に運んだ。僕に対して気を使うというより、僕のその台詞に対するひろ子の反応を、腫《は》れ物に触るように見守っている感じだった。

そして微妙な間の後で、ひろ子はこう言った。

「ごめんなさい。やばっ、相川さんに怒られちゃう」

土倉と鈴木は安心したように笑い、先輩面した、しかし怒りなし笑いありの説教のふりを開始し、僕にこれ以上喋らせないようにした。そんなことをしてくれなくても、僕はそれ以上何も言うつもりなどなかった。きちんと一言でごめんなさいも素直に言えないような女に、話す言葉は持っていない。

そんな女なので、鈴木がまとめて勘定をしたときに、ごちそうさまの一言があるわけもなく、僕はその場でひろ子の記憶を消した。妻に「君のとこの新人と飲んだよ」と言うつもりすらなくなっていた。

ただそのとき、たぶんこの三人で、ひろ子がセックスしたいと思うとしたら僕なんだろうなあと、他人事《ひとごと》のように思っていた。

そして実際、そうだった。

それから二週間くらいが過ぎたとき、突然ひろ子から社内メールが入った。当然あるべき「先日はありがとうございました」の一文もなく、いきなりこんな文面だった。

「成沢《なるさわ》さんおつかれさまです。突然ですけど今晩お酒の席はありますか？」

意味がわからなかった。いや意味はきちんとわかったのだが、どうして先日のことと、それから二週間顔も合わせてないことと、お互いの社内での立場や年齢などを踏まえて、こういったメールをずうずうしく送り付けることができるのかがわからなかった。

無視をするのがいちばんだとわかっていたが、なんだか僕は久しぶりに腹が立ってきていた。どこかのタイミングでその腹立ちをぶつけたいと思ったのか、様子を見て笑えるところまで図に乗らせようと思ったのかは自分でもわからないが、僕は返信をした。

「仕事中につき、いますぐはありません。遅めに行くかもしれないけど未定です」

すると三〇分後という、微妙な間をわざと（であろう）作ってひろ子はこう返信してきた。

「この間いろいろ言ってた彼に振られて、それが人生初振られ体験で、茫然自失《ぼうぜんじしつ》です。お酒に付き合って話聞いてもらえると嬉《うれ》しいので、出るときにメールください。土倉さんたちもいたらいいな」

この短い文面に何か所つっこむべきポイントがあるのだと考えるだけで、僕は思わず吹き出しそうになっていた。振られたことなんかないんですという無駄なアピール、自分が誘えば誰でも来るものだと思い込んでいる前提、自分と酒の席を一緒にできるなら誰もがその手配をしているという思い込み。

僕はそこで、ひろ子が嫌がるであろうことはわかりつつ、そのメールを土倉と鈴木に「俺は行けないんで、よろしく」と書き添えて転送した。ひろ子が望んでいることではないのがよくわかっていたからこそだった。こういうとき、僕は本当に底意地が悪い。

それから三時間後、終電間際に仕事を終えて、まだ仕事をしているかと妻の携帯にメールをしようとしたときだった。

「まだお仕事ですか。会社だったら連絡ください」

それは携帯のアドレスで僕のメールソフトには登録されてないものだったが、当然ひろ子からだった。署名すらなかったが、自分が誰かわからないわけがないとでも言いたげな勢いだった。

土倉たちから誘われて、そのつまらない失恋話でも終わったのか、あるいはメールを転送され土倉たちから誘われてプライドが傷つき、しかしそのプライドが傷ついたことも自分の中でなかったことにしようと、無理に仕事を続けていたか。僕は後者と踏んだ。

「そろそろ帰ります」

おかしくなってきて、僕はそう返信した。すると案の定の返事が返ってきた。

「結局私もいままで仕事になっちゃいました。ではいまからお酒つきあってください。相川さんは早くにお帰りでしたね」

順番に、予想どおり、溜息《ためいき》、腹立ち。もはやその失礼な文面が芸術的にすら見えてきて、僕は二〇分後、通用口のところでひろ子と落ちあい、わざとうらぶれた赤ちょうちんで酒を飲んだ。

「俺とやりたいの？」

ひろ子のくだらない話を途中で遮って僕は無表情のまま言った。一瞬、ひろ子は緊張したように肩が硬くなったが、すぐに余裕を見せるような表情を作って言った。

「あなたは？」

その台詞は「あなたこそそうでしょう？」という意味だった。やはり腹が立ってきた。

事が終わった後の、「ほら、成沢さんだって、結局あんな年上の相川さんじゃなくて私のほうがいいに決まってるでしょう」という心の呟《つぶや》きまで聞こえてくるようだった。

しかし僕はこのとき、憎悪が性欲に変わることを初めて知った。そして「えー、こういうとこで？」という台詞を無視して、いかにも下品なラブホテルでひろ子とセックスをした。

「私、いつも男好きする体だとか言われちゃうの。なんか軽い女みたいでいやだなあ」

終わった後で、ひろ子は卑下するような台詞を得意げに言うと、僕に当然のように「でしょう？」という顔と、あらゆる意味で中途半端で欲情することもない体を向けた。僕はかろうじて「さあね」という笑みを浮かべることはできた。

素直な感想として言えば、そんなことは全然なかった。


その翌日、仕事が終わって僕は妻と二人で久しぶりに外で食事をして酒を飲んだ。僕からはもちろん、妻のほうからもひろ子の話は出なかった。

プライドがそうさせるのか、ひろ子からもメールはきていなかった。きっと、そういうことがあった翌日は、男が昨日はありがとうのメールでも、次の約束を乞《こ》う電話でもしてくるのがあたりまえだと思っているのだろう。

タクシーをつかまえて妻と一緒に帰る途中で、「飲みたりないんだけど、つきあわない？」と誘ったが、妻は明日《あした》早いから先に帰るわと、僕を麻布十番《あざぶじゅうばん》交差点の近くで降ろすと手を振ってそのままタクシーで先に帰っていった。

何度か行ったことがある焼鳥屋に入ると、店は混んでいて僕はカウンター席の真ん中に一人で座る羽目になった。座った席に荷物を置いていた女性の二人組に礼を言って、僕は枝豆をつまみに冷酒を飲んだ。

一人で酒を飲んで時間をやり過ごすのには慣れているが、さすがに店は混みすぎていて、一時間ほど経って、切り上げて他の店に行くかと考えていたときだった。隣にいた二人組の手前のほうが僕に話しかけてきた。

「すいません、このお店、二時に終わっちゃうらしいんですけど、このへんで朝まであいてる店をご存知ないですか？」

僕は時計を見て一時を少し回ったところだということを確認してから、話しかけてきた女と、その向こうにいる女を見た。二人とも僕とそれほど歳は変わらないように見えた。なんとなく聞こえてきたのが、子供の学校がどうとか、躾《しつ》けはどこまでしたほうがいいとかそんな会話で、おそらく近所の主婦たちなんだろうと思っていた。

「いままさにそんな店に行くところだったんです。普通のバーですけど紹介しましょうか？」

僕が言うと、手前の彼女は一度振り返ってもう一人のほうに相づちだけ確認を取ると、

「よかったら行かれるときに、ご一緒させてもらってもいいですか」と言った。

そんな風にして三〇分後、どこにでもあるようなごく普通の店だが、雑居ビルの七階

にあるため飛び込みではなかなか入りづらい店に、僕は彼女たちと一緒に入り、なんとなく流れで三人でソファ席に座った。

聞いてみると、話しかけてきたけっこう派手な顔つきのほうは三三歳で、子供が二人いた。もう一人のちょっと地味だが愛嬌《あいきょう》のある顔立ちをしたほうは、僕の二つ年下の三〇歳で、子供はまだ一歳になったばかりということだった。二人ともそれぞれ麻布十番からはずいぶん遠いところに住んでいて、こんな風に会うのも数年ぶりらしく、「子持ちの女が時間気にせずに飲めるなんて、奇跡みたいなものよ」と、最初から朝まで飲むつもりだったらしい。地味な子のほうは、「子供生まれてから、友達と飲みに行くこと自体が初めて」と言っていた。

話はほとんど派手なほうがしていた。僕が結婚八年で子供がいないと知ると、子供がいるとどれだけ幸せかという話と、子供ができたらもう自分の時間なんかまったくなくてつまらないという話を、様々な例を出しつつ行ったり来たりしていた。しかし一時間もすると喋《しゃべ》りつかれたのか、ソファにもたれたまま彼女はうとうとし始めていた。

「どうする？　送ったりしたほうがいい？」

僕が聞くと、地味なほうの彼女は笑って首を横に振った。

「たぶん復活すると思うし、ここで帰っちゃうと『朝までって約束でしょ！』って怒られちゃう」

そんなわけで一人を寝かせたまま、僕は改めて彼女と向かいあった。彼女は「ちょっるごめんなさい」と言うと、髪をきゅっと後ろで束ねた。頬のラインが出る。それまで角度によってはきつく見えていた細い目が、やや垂れ目がちでそれが年齢より幼く見せることに気づいた。

「奥さんはいくつ？」

そう聞かれて八歳上だと答えると、彼女は細く垂れた目を少し丸くした。

「年上好きなんですか？　それともたまたま？」

「たまたま、なんだと思う」

僕は笑ったが、なんとなく、彼女にはふだん言わないことを伝えたくなっていた。

「たまたまだけど、前の彼女も八歳上で、その前は一二歳上だった」

「それ」

彼女は少し乗り出しておかしそうに言った。

「ちっともたまたまじゃない」

「そうかな」

「そうですよ」

「でもね」

ひとしきり笑ってから僕は言った。

「いまちょっとある子は九歳年下。ほら、別に年増《としま》好きってわけじゃないでしょ」

「ちょっと待って」

彼女はびっくりした顔になって言った。

「いまって……じゃあその八歳年上の人と一二歳年上の人も、結婚してからの話なんですか？」

「だよ」

僕はハーパーを一口飲むとあたりまえのように言った。

「驚いた。というか……」

「呆《あき》れた？」

僕が笑って言うと、彼女はしばらく経ってから「うん」と頷《うなず》いた。可愛らしい口元だった。

「相談に乗ってもらってもいいかな」

僕は少し体を前に傾けて、彼女に少しだけ近づいた。

「そんな経験多い人に、私なんか答えられることないですよ」

彼女は焼酎《しょうちゅう》の水割りのグラスを口に運びながらそう言ったが、僕の話を聞くつもりはないという意思表示ではなかった。

「最近、というか昨日の話なんだけど……」

僕はなぜか、彼女に昨日に至るまでのひろ子との顚末《てんまつ》を語り出していた。なぜかはわからない。もし彼女を口説きたいと思ったのなら、昨日他の女とセックスをしたなんて話はするべきではないだろう。では口説きたいタイプではなかったかと言えばそれも嘘になる。そのときの僕は口説くとか口説かない以前に、やり方は間違っていたのかもしれないが、彼女ともっと親密になりたいと思っていたのかもしれない。

「私なんかと比べて、きっとその人はすごくもててきたんでしょうね」

ひととおり話し終えると、彼女はそう言った。

「そのもててるっていうのが、彼女の大きな勘違いだと僕は思うけどね。よっぽど君のほうが、実際的な意味で、もてると思う」

僕は彼女の目を見て言った。彼女は照れたように視線をはずした。

「いまでも全然だめだけど、私、その女の人の年のころは本当にだめだったの」

「だめ？」

「うん」

彼女は「だめ」と口の動きだけでもう一度言った。

「いまでもだけど私、昔は本当に地味で、それだけじゃなくて女の子として全然だめだった。あなたのしちゃった女の子とは正反対の意味で」

「たとえば？」

僕が言うと、彼女はちらと隣で眠る友達の横顔を見てから言った。

「たとえば、つまらないけどお金の使い方とか」

「どういうこと？」

「たとえば、若いときはお給料が入ったら、その日に三万円分図書カードを買って本に使ってたの。一五万円くらいしかもらってないのに。会社帰りにCDを見にいくことは日課だったし、可愛い洋服とかきれいな下着とか、お化粧品を買う前にそんなものばかり買って、女の子らしいものに使うのは、もう余ったお金で、くらい」

僕は黙って彼女の言葉を聞いていた。

「たぶん、就職して、学歴コンプレックスを感じたからだと思う。大学に落ちてしまって短大に行くときからずっと引きずっていたことが、社会に出てさらに強まっちゃったんだと思う」

彼女は水割りを一口飲んだ。濡《ぬ》れた下唇が薄暗い店のライトで光った。

「いま考えれば、なんで短大のときにもっと普通に遊んで楽しまなかったんだろう、って本気で後悔してる。一年生の時は、どうしても行きたかった大学を受けなおそうって再受験なんてしていたし、でも結局仮面浪人したのに落ちちゃったし、まわりで彼氏の話とか楽しそうに話している女の子を見ながらどこかで馬鹿にしてた。ちゃらちゃらして何が楽しいのよって」

僕は相づちを打って、店員に新しいハーパーを頼んだ。

「でも彼女たちは私なんかよりもずっと自分を磨こうと頑張っていたのに、なんて私は失礼だったんだろうっていまならわかる。可愛いわけでもないし、胸が大きいわけでもないし、特徴がない自分を自覚してたから、まわりと一緒っていうのがすごく自分にとっては怖いことだったの。そう自覚してるんだったら、せめて自分を可愛く見せようと考えればよかったのに」

彼女は肩をすくめるようにして笑みを浮かべた。

「男の人とつきあうことだってそう」

僕は黙って彼女に続きを促した。

「彼氏はいたけど、彼氏がいるからもうそういうことを必死にやらなくていいって思ってたわけじゃなくて、音楽とか本に触れていない自分には何もないっていう、漠然とした不安がずっとあって。つきあうことだって、自分のテリトリー内で好きになってくれる人がいればいいとしか考えてなかったし、そういうところでしか彼氏は出来ないし、普通のところでは誰も私のことを見てくれないって、本気で思い込んでた」

「どうなんだろう」

彼女が少し間を置いたので僕は言った。

「いまの君の話を聞くと、君が否定してる昔の君のほうが、なんというか、健気《けなげ》で自分をしっかり持ってるように思えるんだけど」

僕がそう言うと、彼女は笑みを浮かべて首を横に振った。

「だってそのときの自分よりも、その後で変わった自分のほうが、私は好きだもん」

穏やかな言い方だったが、その彼女の言葉には強い何かがあった。

「変わった？」

「うん」

「どんな風に？」

僕が尋ねると、彼女はちょっと考える仕草をした。

「二六歳のときに自分を変えようって思ったの。たとえばすごくつまらないこと。はいたことがないミニスカートをはいてみるとか、はいたことがない可愛いTバックの下着をつけてみるとか」

「それで？」

僕は「変わるの？」を省いて言うと、彼女はおかしそうに笑った。

「変わるの。簡単に」

「そんなものなのかな」

「私の場合はね」

彼女は頷いた。

「昔の自分が見たら絶対に許さないと思う。だって男の人に喜ばれたくて、これまで着たことないような服を買ったり、少しでも可愛く見えるように髪型やお化粧を変えたり、見てもらえたらと思って下着を選んだりなんて、なんだか男の言いなりの頭の悪い子みたいでしょう？」

僕はその「男の人」が一般的な男のことなのか、ある特定の男を思い出して言っているのか、そちらのほうが気になっていた。

「でもそんな風に変わっても会社や友達の評価は下がらないし、逆にまわりと前より上手に話せる自分になってた。男の人とつきあったら、きちんとその人が恥ずかしくない身なりをして、お酒の席だったらその人が心地よく過ごせるようにお酒や食事に目を配って、自分のことをべらべら喋《しゃべ》ったりしないで、その人が言われたことややられることには、まず全部頷いて絶対に口答えしたりしない。そういう風にしてたおかげで、逆に私は女の子が女の子として可愛くなりたいって強く思ったし、そのおかげで他の人からも印象良く思われることが増えていったと思う」

やはり一般的な男ではなく、彼女がある特定の男を思い浮かべながら話しているのがわかった。

「なんだか昨今の女性の考えと真逆のような気もするんだけど」

僕は気づいたことは口に出さずに言った。

「たぶん多くの人は、そうなる前の君のほうに好意を持つんじゃないかな。それじゃあ私生活でもホステスみたいだとか、自分の意志がない、それこそ君の言うとおりの、たんなる男の言いなりの都合のいい女だと思われてしまいそうな気がする」

彼女は頷いた。

「この話だけを聞いたらそう思われてもしょうがないと思う。でも自分では思うの。じゃあ変わる前の私に、本当に私らしさなんてあったのかしらって」

僕は前のめりになっていた体を戻し、いつのまにか緊張していた体からゆっくり力を抜いて、ソファにもたれかかった。

「まいったな。何にも反論ができない」

僕はそう言って笑った。すると彼女は「ごめんなさい」と少し顔を赤くした。

「私なんかの話でごめんなさい。でもあなたのその彼女、たぶんだけど、見た目はすごく女の子してて可愛いから、可愛くなろうって気持ちが持ちづらいんだと思う。あたりまえよね。私みたいに可愛くなくて地味な女じゃなくちゃ、こんな風に思わないから」

「その変わる前と変わった後のどっちがいいかはわからないけど」

僕は言った。

「君はすごく可愛いし魅力的だと思う」

彼女は驚いたような顔をした後で、小さく「ありがとう」と呟《つぶや》いた。

「それは旦那《だんな》さん？」

僕がそう言うと、彼女は「え？」という顔になった。

「変われたきっかけ」

僕の質問の意味を理解すると、彼女は少し間を置いてから、どちらとも取れるような顔をしてゆっくり微笑んだ。

残念なことにその後に彼女の友達が目を覚ましてしまい、話はそこまでになってしまった。

その翌日から、僕はとにかく彼女に会いたくて仕方がなくなっていた。彼女を口説きたいのかセックスがしたいのか、話の続きを聞きたいのかは自分でもよくわからなかった。

しかし出会いは酒の席で朝までだったとはいえ、それは一歳の子供がいる彼女にとっては本当に特別なことだったらしく、その後、頻繁にメールを送って、彼女もその都度きちんと返事をくれたが、なかなか会う段取りにはならなかった。

それどころか、あるとき「いま何してる？」とメールをすると、「いま膝《ひざ》に子供が横になって、歌を歌ってあげてる」というほのぼのした返信をされてしまったり、「知育玩具《がんぐ》のカタログ見てた」というメールがきて、僕は頼まれてもいないのに必死に評判のいい玩具を調べたりしていた。

そんな風にしてあっという間に一週間以上が過ぎてしまった。そう言えば、ひろ子からはその後、結局何のメールもなかった。

その夜、土倉から電話があって仕事終わりに先日の居酒屋で落ち合った。

「成沢ちゃんさ、ぶっちゃけで聞くけど、ひろ子ちゃんとなんかあった？」

乾杯と生ビールのグラスを合わせると、すかさず土倉は探るような目で言った。

「なんか？」

「なんか。まあ平たく言えばやっちゃったとか」

僕はなんと返事しようか逡巡《しゅんじゅん》したが、土倉が何を知っているにせよ、とくに隠すことではないかと思った。

「やったかやらないかで言えば、まあやったかな」

「やっぱりな」

土倉はとくに驚いた様子もなく言った。

「どうして?」

僕は「そう思った?」を省いて言った。

「ひろ子ちゃんがそれとなくおまえの話を聞いてきたときがあってね。仕事は忙しいのかとか年上女房とはうまくいってるのかとか」

そのシーンは容易に想像できた。

「それでまあ、あの子をちやほやしてやってるチームとしては、無難な答えをしといてあげつつ、こりゃなんかあったなと踏んだわけ。そうか、やっぱやってたか」

土倉は怒っている風でもなく、逆に感心したように腕を組んだ。

「一度だけな」

僕は肩をすくめてみせるしかなかった。


「彼女が「すごく頑張って」、その五日後の水曜日にようやくもう一度会うチャンスが巡ってきた。

約束の時間ちょうどに現れた彼女は、二週間前に会ったときよりもずっと大人びて見えた。おそらく、彼女の話す「二六歳で変わった」という話から、僕は勝手に彼女を二六歳の女の子と錯覚して見ていたのかもしれない。

「終電では帰らないと」という彼女を、僕は西麻布《にしあざぶ》の個室の店へ連れていった。そして僕は、最初の酒が運ばれてくるなりさっそく言った。

「君が変わったときの話の続きが聞きたい」

僕は言った。本当のことを言えばこの短い貴重な時間を有効に使って口説いてみたかったのだが、彼女の四年前の話を聞きたいという欲求のほうが上回ってしまっていた。

彼女は焼酎《しょうちゅう》水割りのグラスについた水滴をしばらく黙って指でたどってから、少し口をきゅっとすぼめるようにしてから言った。

「これまでこの話は誰にもしたことがなかったの」

僕はもちろん真剣に聞くし、絶対に他言もしないという意味で頷いた。彼女は少し鼻を膨らませるように小さく深呼吸をした。

「話が上手じゃないから、順序立ててうまく言えないかもしれないけど……」

そう前置きして、彼女は二六歳のときにどう自分が変わったのかという話を、ひとつひとつ、確かめるように語り出した。


それはやはり、ある男との出会いから始まっていた。

そのころ彼女には六年以上つきあっている恋人がいた。長いつきあいだがとくに倦怠《けんたい》期になることもなく、平日はほとんど会うことはなかったらしいが、土日は必ずどちらかの部屋に泊まるくらい仲は良かった。

そんなある日、彼女は女友達に誘われて、その女友達の知り合いがやっているというバーに行った。カウンターしかない小さな店で、彼女たちが入ったとき、客は一人だけだった。

その客というのが、「その男」だった。

彼はマスターと「びっくりするほどあからさまな」セックスについての話を「とても冷静に」していたという。やがて女友達とマスターが知り合いだったせいもあり、四人でそんな話で盛り上がり始めることになった。でも、「元々そういった席の作法も礼儀もこれまで学んでこなかった」うえに「そういう性の話が本当に苦手」な彼女は、どうしてよいのかもわからず、自分に話題が振られたらどうしようと怯《おび》えながら、ただ作り笑顔で黙って聞いていた。

どうやら女友達はマスターが「お目当て」だったらしく、時間が過ぎるとなんとなく女友達とマスター、そして彼女と「その男」の二組になって話すようになっていった。彼女はそうなってからその男の顔をようやくきちんと見たのだが、なぜか自分のことをすべて見透かされているような感じがして、緊張と恐怖でどうかなりそうになっていた。

明け方までそのまま飲んで、店を閉めたマスターに、もともとその気だったらしい女友達は彼の腕に絡まるようにして去っていってしまった。残されたのは、彼女とその男。

「もう少し一緒にいようか」

男は言った。彼女は「なんで私？」と驚いた。見た目はとりたててかっこいい男でもなかったらしいが、話すことや雰囲気のすべてが手慣れた大人で（実際、二〇歳年上だったらしい）、決して「女の子としてまるでだめだった」自分を相手にするようなタイプではないと思っていたからだった。

しかし同時に、彼女はもう仕事まで寝る時間もないとか、彼氏がいるとかそんなことはどうでもいいように思えていた。たぶん、この人は私の何かを変えてくれる。そんな風に、何かが始まる期待のほうが勝っていた。そして彼女は自分でも驚くくらい素直に「はい」と頷《うなず》いていた。

その一時間後には、「いままでしたことがないことばかり」のことを、「自分でもおかしくなったのかって思うくらい」彼女は必死にその男にしていた。

彼女はその言葉を使わなかったが、その後、彼女はあまりにもあっさり長くつきあった恋人と別れ、その男に「調教」されていった。

それはセックスだけではなく、ふだんの身だしなみから仕事や友人とのつきあい方まで、男は理路整然と説明をした後で「こうしなさい」と彼女に告げた。彼女はいっさい口答えをせず、男の言うことに頷き、実際にそれを守った。

「あんなにいろんなことを考えたのは初めてだった」

彼女は言った。酒はほとんど口にしていなかった。

「その人に指摘してもらうことは、本当に自分のだめなところばかりで、それまでそれが自分なんだ、なんて都合よく思ってきたことだったの。だらしなくて、女としての向上心がなかった私が、なんでそんなに変わろうと思ったのか、後で考えたんだけど、きっとそれが嬉《うれ》しかったからだと思う。もともと、女らしくなりたい、可愛くなりたいって、女なら誰でも思うことを、そんなの男に媚《こ》びを売る女のやることだなんて思い込もうとしてた。その人に会わなかったら、そのままだったと思う」

言葉が出なかった。僕はすっかりひからびてしまった刺身を口に運んだ。かさかさした味がした。

「もちろん最初は不安よ。友達がこんな姿を見たら引くかなとか、いろいろ詮索《せんさく》されたらいやだなとか。それに誰か一人の人にここまで従順になっていいんだろうかとか。でも、どんなに着る服が変わっても友達は引かなかったし、逆にみんなも私もこういう服を着ようって言い出したり」

僕はただ黙って彼女の話を聞くしかなかった。

「仕事もそう。お給料は安かったけど、自分がいなければこの仕事はだめになるって思い込みが強くて、職場を離れるのが怖くて、つい無駄な残業ばかりしてしまったし、つきあいのお酒の席も断れなかった。でもその人に会ってから、とにかく早く帰って、呼んでいただいたらいつでも伺えるように用意しなきゃって、早めに帰るようになった。でも不思議なんだけど、そうしたほうが、仕事も効率良くなったし、上司に認められることも多くなったし、つきあいのあった他の会社の人から、うちに来ないかって誘われるようにもなったの」

彼女は笑みを浮かべたが、僕は間の抜けた顔で頷くことしかできなかった。

「変わろうと思ったいちばんの理由は、その人にもっと自分のいいところを見てもらいたかったから。こうしたら喜んでいただけるかなって、いつもいっぱい考えてたの。そうしたら、その人だけじゃなくて、まわりから変わったねとか、どうしたの、急に女らしくなっちゃってとか言われるようになって、それが本当に嬉しくて、いつのまにかそれが自分になっていった」

彼女はそこで話を区切って、僕を見た。

「こんな話をするのも初めてだけど、こんなに自分のことを喋《しゃべ》ったのも初めて」

「その男がいたら、口を慎みなさいって怒るかな」

僕がそう言うと、彼女はしばらく驚いたような顔をしてから笑った。

「きっと怒られちゃう。だっていちばん教えてもらったのが、こういうお酒の席とか人がいるときの礼儀だったから」

「その人は」

僕は大きく息を吸ってから言った。

「まるで君のお父さんだ。セックスもするお父さん」

そのとき、一瞬にして彼女を取り巻く空気が変わった。彼女の顔色がふっと変わり、体が緊張したように硬くなった。僕は何か彼女を不機嫌にさせてしまうような言い方をしてしまったのだろうかと焦ったが、彼女はすぐに微笑むと僕を見た。

「そういうこともすごく変わった。そういうこともと言うか、そういうことを変えてもらったから、ふだんのことも変われたんだと思う」

「それは」

僕は先ほどの彼女の雰囲気が変わったのは思い過ごしだったのかと安堵《あんど》しながら言った。

「なんていうんだろう、セックスの好みが変わったっていうこと？」

僕がそう言うと、彼女はゆっくり頷いた。

「その人がしてくれることなら、なんでもすごく感じたし、それまで一度も男の人に自分からしたくて何かするなんてこともなかったけど、それをしたくてしたくてしょうがなくて、奉仕をしたら私のほうがいっぱい感じてしまって、会えないときはしてることを思って一人でして、それを自分で写真に撮って見てもらったくらい」

返す言葉もなかった。僕は彼女の突然の淫《みだ》らな告白に、面食らうしかなかった。

「時間をかけていろんなことを教えてもらったんだけど、でもきっと、最初に会ったときからずっとそうしたかったんだって、というか、会う前からそういうことをしても認めてくれる男の人に会いたかったんだって、後でわかったんだけどね」

「すごいな」

僕は絞り出すようになんとかそれだけ言った。実はずっと僕は痛いくらいに勃起《ぼっき》をしていて、それを彼女に悟られないようにするので必死だった。

「だっておかしいのよ」

彼女は笑いを堪《こら》えるように言った。

「私、胸なんかBカップしかなかったのに、一年くらいでCでも少しきつくなったの。二七にもなって。きっとその人と会ってる間って、私の発情期だったんだと思う」

彼女はおかしそうに笑った。僕は上手には笑えなかった。

「その人の何が特別だったの？」

僕は聞いてみた。すると彼女はしばらく考え込んでから「たぶん」と前置きして言った。

「そのときは気がつかなかったけど、私はその人の子供が欲しいって思いながら、奉仕したり犯していただいていたような気がする」

彼女の細い目の奥の瞳《ひとみ》は、冗談を言ってるようには見えなかった。

「その夢は叶《かな》わなかったの？」

僕は言った。言ったそばから愚問だと気づいて後悔した。彼女は何も答えず、黙ってグラスを口に運んだ。

ふと僕は妻のことを、そして出版社の女のことを、酒屋の女のことを思った。これまで考えてみたこともなかったが、彼女たちにも何か特別な転機はあったのだろうかと考えた。その答えはイエスでありノーでもあるような気がした。

彼女の経験は、きっと特殊例なのだと思う。でも、そういったわかりやすい、ある男に調教されて変わった話とまではいかなくても、大なり小なり、彼女たちのようなきちんとした大人の女には、どこかで転機はあったと考えるほうが腑《ふ》に落ちた。それは、別に男によってでなくても、彼女たちが自分で気づかないようなものであるにせよだ。

女の子は、いつか変わる。

「さっきから携帯鳴ってるけど、大丈夫？」

彼女が僕のバッグのほうに目をやって言った。僕は「ちょっとごめん」と携帯を取り出し、着信とメールをざっとチェックした。その中には、あの日以来のひろ子からのメールがあった。見た瞬間に溜息《ためいき》が出るような、案の定の文面だった。

「今日、めずらしく時間があいたんですけど何してますか」

僕はそのメールを、そのまま彼女に見せた。彼女もそれが、僕が前回会ったときに話した女からだとすぐにわかったようで、微妙な微笑みを返してきた。

「たとえばだけど」

僕は携帯の液晶を見せながら言った。

「僕はこの子を、その男が君を変えたように変えることができるんだろうか」

彼女は小首をかしげるようにして、僕の持つ携帯を見る仕草をした。

「わからないけどひとつだけはっきりしてるのは」

彼女は言った。

「もし本気でそうしたいなら、その女の子を本気で可愛がってあげることよ。そうしないと、女の子は変われない」

ひろ子の顔を思い浮かべる。いろんな意味でそれは無理だと思ったが、もしひろ子が二六歳のときの彼女のように変わるのであれば、その姿を見てみたいような気もした。

「君はどうなんだろう」

僕は言った。

「どう、って？」

「もう電車もなくなる時間だってタイミングで言うのもなんだけど、僕は君とつきあいたい」

彼女は少しだけびくんと震えた。僕は彼女の細い目をじっと見た。彼女は目を伏せて少し鼻の穴を膨らませるように呼吸をすると、言った。

「赤ちゃんいるお母さんに、そういう冗談は言わないで」

彼女のその口調は、もちろん僕が冗談なんかで言ってるわけではないことを、ちゃんとわかってのものだった。

そして彼女は去っていった。「もう行かなくちゃ」という彼女に、僕は「失恋のやけ酒を一人で飲んでいくよ」と言った。彼女は少し困った顔を見せた後で、僕の頬に少しだけ唇を触れさせると、「ありがとう」と小走りに出ていった。

それからしばらく、僕は一人きりでいろんなことを考えた。あらゆる答えの出ないことを考え続けた。そして携帯を取り出すと、ひろ子のメールに返信を書いて送った。

「いま西麻布にいる。会いたければ三〇分以内に来なさい」

こんな威圧的な文面を受け取ったら、ひろ子はどう思うんだろうと考えると、無性におかしくなってきて声を出して笑ってしまった。

Ⅳ　結婚しよう

駅ビルに入っている本屋で久しぶりに出会った彼女の姿を見たとき、僕はいま自分がどこにいて何歳なのかわからなくなるくらい混乱してしまった。

そして、実際は一一年ぶりだというのに、彼女と別れてその一〇か月後に再会したような錯覚を覚え、さらに錯覚のせいで彼女の姿に一瞬で鳥肌が立った。

彼女が妊娠していたからだった。しかももう臨月なんじゃないかというくらいお腹は大きかった。

高校三年生で妊娠、卒業を控えたこの三月にはすでに出産間近。その相手は僕。

「もしかして……」

そんなくだらない錯覚と幻想は、僕の顔を覗《のぞ》き込むようにして笑みを浮かべる彼女の、そんな言葉ですぐに消えた。

「驚いた」

僕は言った。僕は高校生のときの彼女しか知らない。しかしそこには、すっかり大人になった彼女がいた。頭の中でざっとあの夏から何年が経ったのかを計算し、いま彼女は三〇歳になるかならないかくらいだろうとわかったところで、ようやく僕は高校生の彼女を妊娠させてしまったのではないかという、くだらない妄想から解き放たれていた。

彼女が自分より三歳年下だという、年齢を簡単に割り出す方法すら忘れていた。

「やっぱりそうなんだ。私のほうこそ驚いた」

彼女はそう言うともう一度笑った。

「何してるの？」

僕は言ったそばから、一一年ぶりの会話としてはつまらなすぎると少し後悔した。

「検診の帰りなの。こうだから最近、おうちで本ばっかり読んでて」

彼女はそう言うと、大きなお腹にそっと手を添えた。

「先生は？」

「見てのとおり、仕事さぼって立ち読みしてた」

僕は緩めたネクタイに手をやって、肩をすくめてみせた。

「君だってすぐわかったけど、でも、ずいぶん印象変わった」

「そう？」

「ほら、一〇代だったし、眼鏡かけてる真面目な子だったから」

学習塾で受け持った生徒の中で、彼女がいちばん地味で、しかしいちばん可愛らしかった。度の強い眼鏡に、量の多い黒髪、まったく興味がなさそうでもなかったが、そのころの女子高生にしてもあまり熱心ではなかったお洒落《しゃれ》や化粧。

「私、そんな風にしか見てもらえてなかったの？」

しかしそう言って可愛らしく口をとがらせる彼女は、すっかり大人になっていて、あたりまえなんだろうけど化粧も髪型も年相応かつ昔と違って女っぽいものだったし、妊婦とはいえ、いや妊婦だからなのかその体や顔から発する雰囲気はとても色っぽくなっていた。

「いつごろ？」

僕は彼女のお腹に目をやって言った。

「予定では五月なの」

「もうどっちかわかった？」

「男の子」

彼女はそう言うと、嬉《うれ》しそうに笑みを浮かべた。子供が生まれることについてなのか、男の子だとわかったことについてなのかは、わからなかった。

「時間ある？」

僕は言った。久しぶりの再会をすぐに終わらせたくないと思ったし、記憶にある高校生だったころの彼女と、いま目の前にいる大人になった彼女とのギャップを埋めないと、僕の中で何か気持ちの悪いものが残りそうな気がしたからだった。

「少しなら。この一階下に喫茶店あったから、そこにする？」

彼女の言葉に僕は頷《うなず》いた。しかしこの段階で、僕は彼女と何を話せばいいのか、何を話したらいまこの瞬間の「妙な気持ち」が解消されるのか見当もつかなかった。

彼女に初めて会ったのは一二年前、僕が大学二年生で彼女が高校二年生のときだった。

僕は彼女の通う高校の近くにある学習塾で講師のアルバイトをしていた。教科ごとにマンツーマンで教えることを売りにしているところで、大半はプロの講師が担当していたが、受講希望者のほうが上回る教科（とくに英語と数学）は地元の大学生である僕たちがよく「動員」されていた。

数学科だった僕は先輩たちからの伝統で「動員」され、そしてその春、毎週火曜日と金曜日に、高校二年生の彼女を担当することになった。

地味で、当時の言葉で言えば「ガリ勉」タイプだったと思う。根が真面目なのか、それとも男と会話をするのが苦手なのか、彼女は話すときもほとんど僕とは目を合わせようとはしなかったし、話すことも数学以外のことはほとんどなかった。彼女から自分のことを話すこともなかったし、僕が「どこの大学を希望してるの？」あたりから、「家は遠いの？」とか「兄弟はいる？」といったなんでもない話題を振っても、「ここから一時間くらいです」「妹が一人います」と答えはするが、そこから話を広げようとはしなかった。

それが、彼女が僕を「意識してしまって、とても緊張していたから」だったと知ったのは、それからずいぶん経ってからのことだ。

夏を過ぎたころになると、彼女の質問はどんどん難しくなっていった。彼女の志望校を遥《はる》かに超えたレベルの大学の受験問題を持ち込んできては、時間をかけて二人でそれを解くということが増え、おかげで僕は、こっそり家で予習復習をするようになったくらいだった。

最後の授業は一〇時までだったが、彼女の質問はどんどんハイレベルになっていって、塾を閉める時間と彼女が乗る最終電車の時間、一一時ぎりぎりまでかかることも少なくなかった。

そのころ、僕は本気で彼女が数学に取り組んでいて、もしかしたら志望校を変えようとしてるんではないかと思っていた。だからその翌年の春のある夜、彼女の肩を抱きながらそう言ったとき、彼女が笑ったときは本気で驚いた。

「そんなの」と彼女はおかしそうに、そして恥ずかしそうに僕の胸に頬を寄せて「先生に認めてほしいだけだったに、決まってるじゃない」と言った。高校生の、生徒の、とりわけ地味で真面目な彼女がそんなことを思っていたなんて、僕はまったく気づいていなかった。

だから彼女が「せいいっぱいの告白」をしたときも、僕はそれが「せいいっぱいの告白」だとは気づかなかった。

その日は二月一四日で、彼女の数学の授業はなかった。ただ一〇時まで英語の授業を受けていることは知っていた。僕はいつも難問を持ち込む彼女の担当ではなかったおかげで、きちんと一〇時に授業を終え、片づけや準備を終えて、いつものように一一時少し前に塾を出た。

隣の駐車場に停めてある、父親から譲り受けたカローラに向かおうとすると、後ろから駆け足の音が聞こえてきた。振り向くと、そこに彼女がいた。塾の隣にはモスバーガーがあったが、この時間に開いてるのはそこくらいしかない。モスバーガーで一人で勉強でもしていたのかと思った。同時に、もう彼女の終電の時間はぎりぎりなんじゃないかということにも気づいた。

「これ受け取ってください」

彼女は俯《うつむ》いたまま、僕にリボンをかけた小箱を差し出した。バレンタインデーのチョコレートだということはわかった。そのとき僕は、彼女が僕のことを好きだったんだと気づくよりも先に、彼女のようなタイプの子でも、バレンタインデーは考えるんだなと、そんなことをぼんやり思っていた。

「先生、なんか言ってよ」

カフェオレが二つ運ばれてきた後も、過去の記憶で頭の中がぼんやりしたままだった僕に、彼女は顔を覗き込むようにして笑った。

「おめでとう」

「え？」

「さっき驚いたままで言い忘れてた。結婚と赤ちゃん、おめでとう」

僕が言うと、彼女は口元でぎゅっと嬉しそうな笑みを抑えて「ありがとう」と呟《つぶや》くように言った。

「結婚はいつだったの？」

「去年の秋。春ごろ婚約してたんだけど、式挙げる前にできちゃって」

「じゃあ、みんなにはできちゃった婚だと思われた？」

「式のときはまだ大きくなかったから、なんとか」

彼女は笑ってお腹に手をやった。彼女でなくても誰でもそうなのかもしれないが、こうして目の前で昔つきあった女が妊婦になっていて、自分のお腹に手をやる姿というのは、なんとも不思議な気持ちになる。

「先生は？」

「僕は見てのとおり、まだ独身」

「見ただけじゃわからないよ」

「そう？」

彼女は笑った。僕も笑って、カフェオレに口をつけた。

「夫は、先生と同い年なの」

「三二歳？」

「うん」

「何をしてる人なの？」

「普通の会社員。先生は？」

「僕も普通の会社員」

「技術者とかじゃなくて？」

「数学の才能は、就職してから活《い》かしたことはほとんどないな」

「そうなんだ」

「そうなんだ」

僕は彼女と同じ言葉を違うニュアンスで繰り返した。

「旦那《だんな》さんはどこで知り合ったの？」

「地元の高校の先輩なの。でも三つ離れてるから高校のときは知らなくて、東京に出てきてる子たちで同窓会やったとき知り合って。それも去年だったんだけど」

「結婚決めたの去年の春って言ってたよね？　じゃあ、知り合ってすぐ結婚決めたような感じ？」

「うん」

彼女はあたりまえのように頷いた。照れとか恥ずかしさも、誇らしさや嬉しさもない頷き方だった。

「独身の僕には羨《うらや》ましい話だな」

「私も自分でびっくりした。いまでもよく決心したなって。でも本当のことを言うと、決心とかそういうの、あんまりなかった。もうそうなるもんだって感じだったから」

「本当のその時が来たら」

僕は腕を組んで言った。

「そういうものなのかもしれないね」

彼女は何も言わずに微笑んだ。やはり、そこにいるのは彼女に間違いないのだが、僕が知っていたときの彼女とはまったく違う女のような気がした。

チョコレートを受け取った後で、僕は彼女にどんな風に接すればいいのか迷った。僕だってそのときはまだ大学二年生だったわけで、もらったこと自体を軽く考えるには若かった。彼女の前では年上の男のポーズは崩さなかったが、翌日大学の友人たちに「女子高生からチョコもらっちゃったよ」とちゃんと自慢するくらいには喜んでいた。

ただそれを、彼女の「告白」と取るか「憧《あこが》れ」と取るか、あるいは彼女が義理チョコをきちんと欠かさないタイプなのかによって、対処は異なる。僕には少々、自分でもときどき笑うのだがナルシスト的な傾向がある。なので「真面目な女子高生が、俺みたいな大学生に出会うと好きになるのもわかる」とナルシスティックに考えつつも、同時にその傾向のおかげで、そうではなかったとき、彼女に「そういうつもりじゃなかったんですけど」と言われてしまう格好悪さも回避したかった。

まず、同じ塾の講師や仲間たちの話題で、彼女からチョコをもらったかどうかという話が出るのを待ったが、それはなかった。次に、彼女自身がその後、どういう態度になるのかを見極めようと思ったのだが、それもこれまでどおり変わらなかった。

僕は彼女の真意を読み取れないまま、いままでと同じように、彼女が持ち込む難問の数々に、一緒になって頭を抱えていた。

その日、そんな風にして僕の大学よりも偏差値が一〇も上の大学の問題集を解いていたら、いつものように一〇時はとっくに過ぎて、どころか塾自体も彼女の最終電車も終わる一一時になろうかという時間になってしまった。

彼女は時間に気づくと慌ててノートやペンをバッグにしまいだし、ブレザーの制服を着た。袖《そで》を通すときに胸を少しそらし、彼女の小さな胸の膨らみと、下着の線が少し透けて見えた。彼女はブレザーの上に、ピーコートを羽織って立ち上がった。

「電車ぎりぎりだろうし、もし乗り遅れたら大変だから、今日は送ってあげるよ」

僕は言った。彼女は少し困ったようにも嬉《うれ》しそうにも取れる顔をしてから「ありがとうございます」と頷《うなず》いた。

送っていくカローラの中は、僕も彼女も無言だった。彼女がとても緊張しているのはわかったし、僕は僕で、考えてみれば数式のこと以外で彼女と話をしたことなんかほとんどなかったのだ。ラジオから、去年流行《はや》っていたカローラのCMソングが流れていた。

ふと横を見ると、彼女は度の強い眼鏡を外して、目頭をおさえるようにしていた。

「疲れた？」

僕が聞くと、彼女は自分が見られていたことに気づいて驚き、恥ずかしそうに僕を見た。

「すいません、ちょっとだけ」

彼女は照れたように笑った。僕はどきっとしていた。そして眼鏡を外した瞬間の女の子にどきっとするなんていう、古典的な展開に心の中で苦笑もしていた。ちょうど前の信号が赤になって僕はカローラを停めた。横断歩道を歩く人も、隣にも後ろにも他のクルマはなかった。

僕は身を乗り出すようにして、助手席の彼女にキスをした。唇と唇が触れるくらいの軽いキスだった。彼女はびくんと一瞬身を引き、その後は体を硬直させたようにしていた。

「つきあおうか」

その後、再び無言のまま時は過ぎ、彼女の家の近くの交差点でカローラを停め、僕は言った。彼女は何も言わなかったが、前を向いたまま、大きくこっくりと頷いた。僕はもう一度、彼女にキスをした。キスが終わると彼女は、「ありがとうございました」と俯いたまま言うと、カローラを降りて家のほうへと小走りに去っていった。

その二週間後くらいに、僕は彼女とセックスをした。そしてそれから半年くらいつきあい、彼女が高校三年生の夏、彼女の受験勉強の忙しさや、僕が違う塾に出向したことなどが重なって、なんとなく会わなくなって終わった。彼女は志望校の受験に失敗し、親の意向だったのか何だったのかはわからないが、東京の短大に進学したと人づてに聞いた。

彼女は僕が初めての男だった。

「初めてが先生で嬉しい」

そんな風に抱きついてくる彼女の肩を抱きながら、僕はせいいっぱい大人のふりをしていた。でもそのとき、僕はたんなる二〇歳の若造で、最後まで彼女には告げなかったが、実を言えば僕にとっても、彼女が初めての相手だった。

「旦那《だんな》さんは特別だったんだろうね」

僕は煙草を取り出そうとしたが、前にいるのが妊婦だと思い出してやめた。

「特別？」

彼女はカフェオレのカップについた口紅を指で拭《ぬぐ》うようにしながら言った。

「だって出会ってすぐ結婚を決めたわけでしょう。よっぽどいい男だったか、よっぽどお互いにツボだったのか」

「ツボって」

彼女はふきだした。

「どうしたら女の子を、そんな風に決断させられるんだろう。教えてほしいな」

「先生、いま結婚したい人いるの？」

彼女の言葉に、僕は少し戸惑った。浩子《ひろこ》のことを思い出しそうになっていた。

「いまはいない。少し前はいた。でもそのとき結婚まで至らなかったから、君の旦那さんの話を今後の参考にさせてもらえればと思ってさ」

僕が言うと、彼女は僕の言葉の意味を考えるような仕草をした。

「私の場合はね」

しばらく経ってから、彼女は言った。そのニュアンスだけで、彼女がふだんあまり他人には言わないことを言おうとしていることと、それが相手が一年ぶりに再会した初恋の男だから打ち明けようとしているということが、僕にはなんとなくわかった。

「すごくいいプロポーズをしてもらったの」

「いいプロポーズ？」

彼女は頷くと、少し目を伏せた。何から話そうか、何を話していいのかを考えているような素振りだった。

「これまで、結婚にはすごく憧れてたんだけど、どこかでできないかなって思ってた」

「どうして？」

「私に、つきあう人には言えないことがいくつかあったから」

「言えないこと？」

僕が聞き返すと、彼女は一瞬目を閉じてから頷いた。

「言えないこと」

僕はそれは何なのだろうと思いながらも、すぐに漠然とした答えが浮かんできていた。女の子が、つきあっている男に秘密にしていること。その男と結婚をするかもしれないという段階で、そのことが心の重荷になること。

浩子のことを思い出しながら、僕は彼女に言った。

「それは」

言い出しておきながら、僕はそれを口にすべきか少しためらったが、彼女を見て言った。

「体のこと、男のこと、家庭のこと、これのどれかだったりする？」

僕は言った。彼女の表情がさっと変わった。僕はやはり口にしてはいけないことを言ってしまったのだろうかと焦った。しかしやがて、彼女は少し笑みを浮かべると言った。

「驚いた」

「驚いた？」

「うん、だっていま先生が言ったの、全部当たってるんだもん」

「全部？」

今度は僕が驚く番だった。彼女は声に出さず「全部」ともう一度口の動きだけで言うと頷いた。

「体のことも、男の人のことも、家族のことも、ひとつずつ言えないことがあったの。体のことは後できちんと伝えたけど、他のことはいまでも」

カフェオレはすっかり冷めていた。無性に煙草が吸いたかった。

「まだ言ってない？」

「うん、夫にも結婚前にそれは言ったの。私にはあなたに言えないことがあるって。だから結婚できないって」

彼女は表情を変えずに言った。僕はなんだか余計なところに手を突っ込んでしまったような気分になっていた。

「それでも」

僕は少しかすれた声で言った。

「旦那さんはそれを聞かずに、君と結婚しようって言ったの？」

僕の言葉に、彼女はしばらく黙った後で、嬉しそうに頷いた。

浩子も言わないでいてくれればよかったのだ。

去年別れた浩子とは、四年つきあっていた。そして僕は浩子と結婚を考えるようになっていた。別に四年つきあったから責任を取ろうとしたわけでも、自分が三〇代になったからそろそろ身を固めようと思ったわけでもなく、このまま浩子とつきあっていくことにとくに疑問はなかったし、だったら結婚しちゃおうかという気持ちになっていったからだ。

「結婚しよう」という僕の申し出に、浩子は当然喜ぶと思っていた。しかし、確かに嬉しそうな笑顔を見せた後で、浩子はすぐに黙り込んだ。

「どうした？　したくない？」

そう聞く僕に、浩子は強く首を横に振った。見ると瞳《ひとみ》からは涙が溢《あふ》れ出ようとしていた。

「内緒にしてたことがあるの」

浩子は涙を一粒こぼした後で言った。この時点で、僕は何を言われようと笑い飛ばせると思い込んでいた。

しかし一時間後、浩子が「この話をするのは初めてなの」と告白してくれた二つの話に、僕は何の言葉も出なかった。

ひとつめは浩子が中学生のとき。浩子が学校から帰ると母親が浴槽で血まみれで倒れていた。手にはいつも料理を作ってくれた出刃包丁が握られていた。自殺する理由はあったのだろうが、中学生の浩子にはそれは理解できるものではなかった。

ふたつめは浩子が二三歳のとき。それは僕とつきあい始める一年前の話なのだが、彼女は堕胎していた。相手は高校のころからつきあっていた同級生で、それがきっかけで別れたらしい。

話を終えたとき、浩子は「ずっと隠しててごめんなさい」と嗚咽《おえつ》しながら泣き続けた。僕にもたれかかろうとはしなかった。僕は試されているような気がした。ここで立ち去るべきなのか、彼女を抱きとめるべきなのか。

ずいぶん迷ってから僕は後者を選んだ。僕が抱きしめると、浩子はすがりつくようにして、「ごめんなさい、ごめんなさい」と繰り返しながら、いつまでも泣き続けた。

このときの僕は最低だったと思う。行為としては完璧《かんぺき》だったのだろうが、こうして抱きとめる自分は、偽善者にすぎないと思い、そして心の底では、そんな浩子とこれからも一緒にいられるのだろうかと疑問が消えなかった。

その後、浩子とはその話はなかったかのようにつきあいは続いた。僕も聞かなかったし、浩子も言おうとはしなかった。ただ同時に、結婚の話もどちらも言い出さなくなっていた。

やがて、浩子がその高校時代からの恋人と、いまでも会っているということがわかった。僕は激怒した。彼女は「もうそういう関係じゃない」と泣きじゃくった。お互いのあの過去があるから、いまでも会って話をするだけなのと必死に説明する浩子に、僕は「裏切りだ」と言い捨てた。

そして僕は浩子と別れた。

自分でもよくわかっていた。浩子のせいなんかじゃない。浩子がその男と浮気してたなんてこれっぽっちも疑ってもいない。僕は逃げ出したのだ。浩子の母親と堕胎の過去を、背負う自信などまったくなかったから、僕はその男の話をここぞとばかりにきっかけにして、彼女から逃げ出したのだ。そしてナルシストの僕は、あたかもそれが、浩子の責任だと言わんばかりに、しかし母親と堕胎の過去は僕は理解していたようなふりをして。

浩子のことを思い出すと、いまでも全身が震える。逃げ出してしまった自分の不甲斐《ふがい》なさに対してなのか、浩子に責任を押しつけた罪の意識なのか、それともいまでも浩子を忘れられないという、そう思う権利もないことを思ってしまうせいなのか、自分でもよくわからない。


「ひとつ聞いていい？」

そのとき、彼女の夫になる男は言った。プロポーズされた彼女が、私には言えないことがある、あなたにも言えないことがあるのと泣きじゃくった後だった。

彼女は涙を拭《ぬぐ》い、鼻水をすすりながら夫の顔を見た。

「君に言えない過去があることはわかった。じゃあ僕も聞かない。本当のことを言えばすごく知りたいけど、それは言えるときがきたら言ってくれればいい」

夫は彼女の目を見て言った。彼女は頷《うなず》いた。

「聞きたいんだけど、そのことでいまこの瞬間、君は僕を裏切ってる？」

夫の言葉に、彼女はすぐに首を横に振った。

「将来的にそのことで僕を裏切ることはある？」

彼女はまた強く首を横に振った。夫はそこで腕を組んだ。

「僕を裏切っていないのなら、僕が君と結婚したい気持ちには変わりはない」

彼女は涙をいっぱい目にためたまま、夫の言葉を聞いた。

「ただ君の過去の問題は、僕にはどうしたらいいのかわからない。どのくらい深刻な話なのかもわからない。どうしたらその問題が解決するかもわからない。でも、その問題に立ち向かうことにはならないけど、もしかしたら帳消しにしてしまう方法はあると思う」

彼女は夫の言葉を待った。すると夫は笑みを浮かべて言った。

「いますぐ、子供を作ろう」


「自分が恥ずかしいよ」

僕は言った。カフェオレを口に運んだが、もうそこには溶けなかった砂糖が少し残っているだけだった。

「たった三歳年上だっただけで、あのとき君に大人ぶってた自分が恥ずかしい。同い年なのに君の旦那《だんな》さんのように大人じゃない自分が恥ずかしい」

ほっとくと涙がこぼれそうだった。僕は必死にそれに耐えた。

「そんなことないよ、先生」

彼女は穏やかな笑みを浮かべて僕に言った。

「あのとき、先生が私とつきあってくれたおかげで、私はすごく救われたんだから」

「救われた?」

彼女は「うん」と頷いた。あのときの僕は、女性経験もなかったくせに大人ぶって彼女に接し、そのくせ友達には「女子高生とつきあってるんだ」と得意げに話すようなくだらない大学生だった。僕が思い出せる範囲で、僕が彼女を「救った」なんてことは、ひとつもない。

「その人が気づいてなくても、誰かが誰かをすごく助けてくれてることってあると思う。あのときの私には、それが先生だった」

僕は黙って彼女の言葉の続きを待った。

「その夫に言えなかったことのひとつも関係してるの。変な言い方になっちゃうんだけど……」

彼女は困ったような顔をしてから言った。

「あのときの私、早く体験したかったし、しなくちゃいけなかったの。その初めての相手が好きだった先生だったから、すごく楽になったし、したから先生のことがもっと好きになった」

「そう言ってくれるとすごく嬉《うれ》しいんだけど……」

僕は困惑しながら言った。

「しなくちゃいけなかったって？」

僕の質問に、彼女は笑みを浮かべたまま答えようとはしなかった。僕もそれ以上聞くことはできなかった。やがて彼女は一度微笑むと言った。

「それだけじゃなくて、私、先生のおかげで人と話せるようにもなったの」

「どういうこと？」

「これはもう言えることなんだけど、私、中学のときにすごいいじめにあってたの。きっかけはテストの点が良かったからなんだけど、トイレに入ると上から水をかけられたり、体操服を隠されたり、教科書破かれたり、靴を花壇に埋められたり」

「ひどいな」

「うん」

彼女は頷いた。

「いじめは半年くらいで終わったんだけど、それから私、人とどう話したり接したりしていいのかわからなくなっちゃったの。言えない家族のこともあって、それで誰も知らない離れた高校に入りたくて、あの学校に通ったの。先生の塾に入ったのもそう。とにかく朝起きたらすぐに地元から出て、帰ったらもう寝るだけにしたかったから」

彼女を僕の部屋やホテルに連れていったり、カローラで海までドライブに行ったりしたのは、いつも彼女の受講時間以外の、塾があいている時間までだった。彼女は「家には補習があるからって言ってる」と言っていた。

「それで二年生から塾に入って先生に会って、ようやく私、男の人を初めて好きになれた。その先生がつきあってくれたんだもん。すごく嬉しかったよ」

ふと気づくと、彼女の顔がぼやけてきていて、僕は気がつかないうちに涙を流していた。

大きなお腹の彼女が駅のほうへ歩いていくのを見送った。そのとき僕は、あのお腹の子の父親が僕だったらどんなに良かっただろうと、考えたところでどうしようもないことを思っていた。

駅の人込みにその姿が見えなくなっても、いつまでも僕はそこに立ちつくしていた。

一二年前のバレンタインデーの光景がよみがえる。

あのとき、彼女はとても恥ずかしそうにチョコレートを僕に差し出した。

「ああ……」

ありがとうと言う間もなく、彼女は「おやすみなさい」と言うと、踵《きびす》を返して駅のほうへと大急ぎで走っていった。

あのときも、僕はいつまでも彼女の後ろ姿を見ていた。

V　彼女のことは何も知らない

彼女がそこにいた。

まず僕はとても不思議な気持ちになって、次の瞬間——正確に言えば「そこにいるのは彼女なんだ」ときちんと把握した瞬間、僕の足は決しておおげさな比喩《ひゆ》ではなく、がくがくと震え出していた。

僕は一年前と同じようにバーのカウンターで酒を作っていた。彼女は一年前と同じようにその店の客だった。

違うことと言えば、一年前にはこの恵比寿の二号店はまだなくて、それが初台《はつだい》の一号店だったこと。いまはまだ一二時前で客も数組いて、彼女も女友達と二人でテーブル席に座っているが、あのときは閉店間際で客はカウンター席の彼女だけ、スタッフはいちばん若いアルバイトの僕に締めをまかせて先に帰ってしまっていたことだ。

そしてあのときと彼女は、その顔も髪型もファッションも物腰もほとんど変わってなかったけど、ただ、女友達と話してる印象からだけだけど、なんだか一年前のどこかおどおどしていた感じは消えていて、自信に溢《あふ》れているように思えた。

彼女はまだこちらに気づいていない。先に僕の様子が変だと気づいたのは寛子《ひろこ》のほうだった。

「知りあい？」

寛子はいつでも勘が鋭い。僕が見つめる先を確かめるような素振りで言った。

「と思ったんだけど、似てる人かな」

僕はなるべく平静を装って答えた。

「ふーん」

寛子はつまらなそうにそう言うと、洗い物に戻った。僕は再び、テーブル席の彼女を見た。似てる人なんかではなく、もちろん彼女そのものだった。

彼女はまだ僕に気づいていない。


この二号店ができたとき、僕は経験者ということで一号店から「転勤」を命じられた。基本的にはオーナーが別の店から引き抜いた店長と、僕同様一号店でキッチンを担当していた須藤《すどう》さんという二六歳の先輩と、カウンター担当の二三歳の僕の三人でこの店を回している。そこにオープンと同時に募集したアルバイトが四人加わる。この七人のうち、少ないときは二人、多いときは四人がシフトに組まれている。

寛子はそのアルバイトの一人で、ひとつ年下の大学四年生だった。高校を出てすぐに知りあいにこの仕事に引き込まれた僕にはよくわからないが、なんでも大学生の就職というのは早い者なら三年生で決まってしまうらしく、寛子も旅行会社だかなんだかの内定を受けていて、「あとは卒業論文と、卒業旅行の資金集めよ」と言っていた。

店長や他のスタッフには秘密にしているが、店を立ち上げてほんの一週間で僕は寛子とつきあうようになった。

その夜、須藤さんと僕と寛子で店を閉め、バイクで来ている須藤さんを見送ると、どちらからともなく、まだ開いているバーに行こうということになった。僕らのような飲食業の人間には独特のネットワークがあり、近隣の店のことならばだいたい知っている。一二時締め、(僕の勤めるバーのような)一時締めの店が多いが、四時締めや六時締め、あるいは二四時間あけている店がどこにあるかは熟知していて、そういった店はだいたい、仕事を終えた同業者たちのたまり場になっていた。

そんな店で寛子と飲み、酔ったついでに僕は寛子を誘った。

「つきあいたいな」

「誰と」

「寛子と」

「誰が」

「俺が」

寛子もしたたかに酔っていたようで、少しろれつの回ってない口調で、ひとことひとこと、おかしそうに聞き返してきた。

「いいよ。たけしってタイプだし」

話は簡単にまとまった。

本当は一年前もそうだった。

「それでどうする？」

寛子はおかしそうに聞いた。

「まずは寛子の部屋に行きたいな。近いんだろ？」

「歩いて五分くらい」

「すぐそこだ。じゃあ行ってセックスしよう」

「いきなりだなあ」

寛子は笑った。

これも、一年前とほぼ同じ会話。一年前が寛子のときとは違うのは、その会話はその夜かぎりになってしまったことだった。

それから寛子とつきあい始めてそろそろ三か月になる。二人とも締めの時間になっているシフトのときは、店長や他のアルバイトたちに気づかれぬよう、そのバーで落ち合うこともあれば、そのまま寛子の部屋へ向かうこともあった。仕事の理由をこじつけて二人で店に残り、シャッターを降ろしてセックスをしたこともある。

寛子とそんな日々を過ごしていたら、一年前のことは次第に僕の中から薄く、思い出さなくてもいい記憶となりつつあった。

しかしいま、その彼女がすぐそこにいる。

僕の足は震えが止まらなくなっていた。

そしてゆっくり、彼女は僕のほうを見た。震えていた足が、ぴたりと止まった。彼女と目が合う。

ほんの一〜二秒のことだったと思う。しかしそのほんの一瞬の彼女の視線で、僕にはいろんなことがわかった。

彼女はとっくに僕に気づいていたこと。たまたま入った店に僕がいて、こうして出会うことが偶然であること。しかし一年前とは違う店とはいえ店名は同じ、彼女の中に「もしかしたら」という気持ちがほんの少しくらいはあったこと。

そして、僕に対してどう思っているのか、一年前のことをどう思っているのか、そこまではわからなかったが、少なくとも彼女はいま、僕に会ったことで、困って逃げ出したいような気持ちにはなっていないこと。

鼻の奥がつんとした。

彼女はゆっくりと目の前にいる連れに視線を戻した。そのときふと思ったのだが、もしかしたら前にいるのは友達ではなく、彼女の妹なんじゃないかという気がした。顔立ちそのものは似ていないけど、どこか彼女と共通する空気のようなものを持っていた。

「すごく好き？」

「すごく好き」

突然一年前の彼女との会話が僕の中によみがえってきて、僕の鼓動はいきなり速くなった。「すごく好きだな、君のこと」とそのとき僕は言った。僕の腕の中で、嬉《うれ》しそうな恥ずかしそうな顔をした彼女に僕が聞くと、彼女は一音一音確かめるように、僕を見てそう答えた。

「すごく好き」

そして少し頬を赤らめて僕にキスをしてきた。長く痺《しび》れるようなキスだった。

そのとき僕はどんなことを思っていたのだろう。「五歳年上の女といっても、ちょろいもんだ」とほくそえんでいたのか、「この女と本当につきあったら、はまるかもな」と困惑しつつも「それもいいか」と嬉しさを感じていたのか。

おそらく、その両方だっただろう。ただいまとなっては、その割合は何パーセントずつだったかはわからない。

いま目の前にいる彼女の横顔を見つめながら、僕はとても混乱していた。あのときといまの自分の気持ちが、それぞれ思い思いに勝手なことを言い始めていて、僕の中の収納場所を全部飛び出していくような感じだった。

やがて彼女が手を上げた。フロアにいた店長が彼女に近づく。「お勘定をお願いします」という口元の動き。店長が僕に目で合図する。僕はカウンター脇のレジに行き、彼女たちの伝票をつかむ。二人で一杯ずつだけ頼んでいた。彼女の妹らしき女性は、ガルフストリームといういかにも若い女の子が頼みそうなカクテルだったが、彼女は芋焼《いもじょう》酎《ちゅう》の水割りだった。

一年前も、彼女は焼酎の水割りを飲んでいた。

チャージを含めた会計を書き込みながら、いまもう帰ってしまう彼女に僕はどうすれば何かを伝えることができるだろうかと必死に考えた。寛子も店長もいる。彼女は一人きりではない。でも、このまま何も言えずにまた彼女に会えなくなるのは堪え難いことだった。一年前に味わったあのつらさを、また感じなくてはならないのかと思うだけで、僕は叫び出しそうになっていた。

しかし僕は同時に途方に暮れる。いま、僕はいったい何を彼女に伝えたいのか？　自分でもそれはわかっていなかった。

店長が伝票をつかんで、彼女たちのテーブルへ向かった。財布を出そうとする彼女に、妹らしき女の子が必死に「私が払う」という素振りをしている。その口元が、「たまにはいいじゃない」「お祝いなんだから」という動きをしている。結局、彼女は「ありがとう」と笑った。

彼女がこちらに背を向け立ち上がる。僕は彼女の肩を少し越えたくらいに緩やかにかかる髪から、黒の膝丈《ひざたけ》のスカートまでのラインをたどり、そこから伸びるふくらはぎを見つめる。一年前にも同じことを感じた。地味そうに見える女の、どうしようもなく匂ってしまう「女」がそこに集約されているような気がしてならない。

彼女は一度も振り向かずに、店を出ていった。ドアを開け、大通りに面しているので行き交うクルマの喧騒《けんそう》が店に流れ込んでくる。その喧騒と彼女の後ろ姿が、同時にばたん、と消えた。

携帯の着信がなければ、僕は適当な理由をつけて外まで彼女を追いかけたかもしれない。しかし、革のパンツの尻《しり》のポケットにつっこんでいた携帯のバイブが、メールを知らせるために三回振動した。

「終わったら今日来る？」

寛子だった。キッチンで須藤さんといた寛子が「どう？」という感じで小首をかしげた。寛子の今日のシフトは一二時まで。時計を見るとその一二時になろうかというところで、電車があるうちに帰る客たちが会計しようと僕や店長に合図を送ってきていた。三席分の会計を済ませてから僕は、「須藤さんと流れるかも。行けそうなら連絡する」と寛子に返信した。嘘だった。須藤さんとそんな約束はしていない。ただ彼女を見たことによる動揺が収まらず、意味もないのに二時間後の約束を保留したのだ。

しばらくすると、「ＯＫ。寝ちゃってたらごめん。家のチャイム鳴らしていいから」と寛子から返信が来た。寛子はさきほどと同じように僕に目だけで合図すると、帰り支度を始めた。僕は寛子にだけわかるように、店のほうを見たまま「わかった」と口の動きだけで言った。

彼女に出会ったのは、ちょうど一年前の七月の終わり、今年みたいにあっというまに暑くなったような夏ではなく、じめじめとした梅雨がまだ続いているんじゃないかというはっきりしない天気が続いていたときの、一日だけからっと晴れ渡った日だった。

夜になってもその暑さはおさまらず、僕の勤めていた初台の一号店には開店と同時に生ビールを飲みにくる客が途絶えなかった。誰もが申し合わせたように、まず第一声は「とりあえず生」だった。

終電の時間がひとつの客の引き時になる。一一時半から一二時過ぎにかけて、徐々に引き上げていき、地元客やタクシー帰りの客が三組ほど残ったころに、彼女は一人で店にやってきた。

不思議な感じがした。顔つきも発する雰囲気もどこか地味なのに、でもメイクやファッションや髪型は妙に男受けするいまどきのＯＬのような感じで、そのどちらも、一人でこの時間にバーに飲みに来る女性客としては似つかわしくなかった。

ドアを開けて少し困ったような顔をしている彼女に、僕はなるべく明るい声で「いらっしゃいませ」と言った。彼女は僕のほうを見ると、少しほっとしたような顔つきになった。僕は「どうぞ」と、僕の目の前のカウンター席に彼女を促した。

「何を飲まれます？」

僕がそう聞くと、彼女は小さなバッグを隣の席に置いてから、芋焼酎の水割りを頼んできた。

「渋いっすね」

冗談めかしてそう言うと、彼女は恥ずかしそうに笑った。その顔を見た瞬間、僕の中でスイッチが入った。

そのころの僕は、いや、いまでもそうなのだが、「この女はいけそうだ」と勘が働くと、躊躇《ちゅうちょ》せずに口説き落とすモードに入る。ルックスは悪いほうではないし、話はうまいほうだろうと思う。こういう仕事をしている人間ならではの、相手の女が敬遠しない程度に「男」を匂わせる「うまさ」もある。

彼女はとても簡単そうに見えた。そして実際、簡単だった。

「可愛いね」

彼女を除いて客がカップル一組になったとき、それまでこの店はいつできたとか、すぐ近くに住んでいるとか、いつも仕事帰りに通り過ぎていたとか、こういうめずらしい酒があるとか、いまプロジェクターで壁に映している映画は何だとか、そういったどうでもいい話をしていた流れで、僕は何の前触れもなくそう言った。その言い方があまりにも自然だったためか、彼女は一瞬、きょとんとした顔になった。

「急にびっくりした」

言葉の意味に気づくと、彼女はわかりやすく頬を赤らめた。僕は彼女の年齢を二五歳と踏んだ。

「いくつ？」

照れている彼女に、僕はトーンを変えずに聞いた。

「二七。あなたは？」

二歳見誤っていて、僕は腹の中で自分を笑った。派手と言うほどではないにせよそこそこ女遊びはしているつもりだったが、考えてみればこれまでの相手のほとんどは同世代で、五歳も年上の女は初めてだった。しかし僕はそこで驚きを顔に出さない。それは、彼女がいま欲しているのが「やんちゃな若い男の子」などではなく、年は若くても対等もしくは少し上から物を言う男だということが、空気でわかっているからだった。

「二二」

「うそ」

彼女が驚いたように言った。

「はいはい、老け顔だってよく言われるよ」

僕が五歳も下だという年齢差を彼女に実感させずに、それすらも僕を優位に話を進めるためには完璧《かんぺき》な台詞《せりふ》だろう。はたして、彼女は「そういう意味じゃないのよ」という感じで手を振った。

「大人っぽいっていう意味。私がこんな、いつまでも年相応の大人になれてないから」

「可愛いな」

言い訳がましく言う彼女を遮って、僕はさらにそう言った。彼女はきゅっと唇をかんだ。照れや恥ずかしさを顔に出さないようにしてる感じだった。

こういうときはすべてがうまくいく。そこでカップルの客が「お会計して」と手を上げた。僕は彼女に、秘密を打ち明けるような口調で「もう閉めちゃうから、ちょっと待ってて」と、顔を向けずに小声で呟《つぶや》いた。彼女の体が少し強《こわ》ばるのがわかった。

伝票を持ってカップル客のところへ行き代金を受けとる。そして店のドアまで見送って「ありがとうございました。おやすみなさい」と声をかけると、外に立てている看板を店の中に入れ、入口のライトを消し、「CLOSED」の札をドアにかけた。

「準備は整った」

「準備？」

カウンターに戻って僕がそう言うと、緊張したように彼女が言った。

「君を口説く準備。からかってるの？」

「え？」

「君が言いそうな台詞も先に言ってみた。その答えは、からかってなんかないよ、だよ」

僕がそこまで一気に言うと、彼女は細い目を大きくあけた。わかりやすい。そして彼女はふっと緊張がとけたように笑った。

「そういうのに慣れてる人が、口説いても面白くない女だと思うけど」

「それも先に言おうと思ってた。慣れてるからこそ、君が適当な意味で口説けるタイプじゃないのもわかる。だけど口説く。なぜならすごく可愛いから」

自分でほれぼれするくらい、僕は彼女のツボをついていると思った。想像以上に簡単だろうと、腹の中で残り時間を予測する余裕もあった。

「ありがとう。でもだめ」

彼女は言った。しかしこれから彼女がどんな理由をつけようと、僕は答えに窮することはない。

「彼氏がいるの？」

先に聞いてみた。そんなつまらない理由をとうとうと語られるくらいなら、一〇秒で納得させる自信があった。

「彼氏は、いない」

彼女は言った。そのときの彼女の言葉に、妙な間があったことはそのときには気づかなかった。

「でもね」

彼女は、自分でつまらないことを言うことをわかっているかのように、少し自嘲《じちょう》気味に笑みを浮かべた。

「もう次につきあう人とは結婚したいの。だから無理」

ばかばかしくて笑い出しそうになったが、僕はいくつかの選択肢の中から、彼女の考え自体を否定することはやめて、別の台詞を選んだ。

「そういうのって、つきあって自然にそう思えばすればいいんじゃない？　俺はね、まあ見抜かれてるんだけどけっこう遊んできた。だからって理由にならないけど、そう思える瞬間がきたら、もういつでも結婚だろうが何だろうが自分に来てもかまわないと思ってる。でも結婚したいってことを前提には女を見ないな。そっちのほうが遠回りになるような気がする」

なんでもないようにそう言い切ってみせると、彼女の鼻がぴくりと動いた。さっきから気づいていたのだが、心に動揺があるとき、彼女は口をあけずに気づかれぬよう鼻で大きく呼吸する癖があった。

「なんかさ」

僕はここで決まると思いながら言った。

「ますます君とつきあいたくなってきた」

彼女は僕の目をじっと見つめたまま動かなかった。何も言わなかったが、完全に「落ちた」ことはその目でわかった。

「君がうんと言うなら、俺は急がなくちゃいけない」

「急ぐ？」

すっかり舞い上がっている彼女はかろうじてそれだけ言った。

「急いで店を閉めて、急いで君の部屋へ一緒に行く」

「私の部屋？」

「に来るの？」までは、彼女は言葉にならなかった。

「当然。すぐに君の部屋で君とセックスしたい。ああ、ごめんごめん、忘れてた」

「え？」

彼女の言葉はかすれていた。もうほとんど頭は働いてないだろう。

「もうわかってるからスルーしちゃったけど、一応うんって言葉を聞いとく。俺とつきあうでしょ？」

彼女は完全にぼんやりとしていた。酒のせいもあり、僕の無駄のない口説き方に、当然逃げ道などなかった。

「うん、は？」

「……うん」

僕はカウンターから身を乗り出した。彼女に「こっちに」という手招きをする。催眠術にでもかかっているかのように、彼女は言われたままに立ち上がって上半身をこちらに傾け、僕に唇を重ねてきた。

鼻の奥に彼女の匂いがした。


彼女の部屋は想像していた感じとはまったく違っていて、少し驚いたのだが僕はそれを口にしなかった。

駅に近い僕の勤めるバーから、五分ほど住宅街のほうへ歩いたところにある、二階建のアパートの二階の奥、三室目が彼女の部屋だった。どちらかと言えば学生が住んでそうなレベルで、二七歳のこういうファッションやメイクの子には似付かわしくないような気がした。

部屋も狭く、ドアをあけるとすぐにキッチンがあり、右手にはバスルーム、目の前には六畳もないワンルームだった。そしてその部屋には、この手の女にしては驚くほどのCDと本が山積みになっていて、その合間にかろうじて布団をしくスペースがある程度だった。メイクのもろもろや服、アクセサリーといった類《たぐ》いのものは、目につくところにはなかった。

それは彼女の出《い》で立ちにはとても似合っていなかった。しかし、彼女の顔つきや雰囲気にはなぜか馴染《なじ》んでいた。もともとがこういう地味な子なのだろう。いまどきの女の子のようなお洒落《しゃれ》をすることのほうが、彼女にとっては特殊なことなんだろうなと思った。

同時に、男関係も思った以上に慣れてないだろうということもわかる。

しかしそれから、そういったことがわかったからこその違和感がいくつかあった。

さっそく僕は彼女の服を脱がせた。褒めるべきところも貶《けな》すべきところもとくに見つからないタイプのプロポーション。僕はひそかにこういった体つきを「可もなく不可もなく」と呼んでいたが、まさに彼女はそうだった。でもおかしかった。可もなく不可もなくなのに、僕はいつもよりも欲情していた。

恥ずかしそうに顔を隠している彼女を指で愛撫《あいぶ》し、自分も服を脱ぎ去ったのだが、そのとき彼女は「ちょっと待って」と、傍らのラックからコンドームを取り出してきた。

「使って」

そのとき僕は思わず「え？」と言ってしまった。

「すごいの持ってるね」

「前の彼のが残ってて」

彼女はうつむいたまま言った。そのとき僕は、自分でも初めて味わうタイプの妙な嫉《しっ》妬《と》に包まれていた。その正体はいまでもよくわからない。地味そうな女の向こうに、違う男との行為があるという、あたりまえだが認めたくない事実に嫉妬していたのかもしれない。

次の違和感は行為中だった。当然のように僕がリードして、彼女は目をつぶったまま喘《あえ》いでいた。慣れていない女の子がよくそうするように、ぐっと僕の首を抱いて、体を密着させながらも顔を見せないようにしていた。それは予想どおりだった。

しかしそのときの彼女の指や舌は、呆《あき》れるほど淫《みだ》らに動いていた。それを指摘して彼女をからかうことすらできないほどだった。そのせいなのか、僕はいつもよりも早く果てたと思う。

「本当に好き？」

途中で彼女は何度も聞いてきた。そのたびに「好きだよ」と答えてあげると、彼女はそのたびに「嬉《うれ》しい」と呟いた。

不思議な気持ちになっていた。僕の筋書きどおりに口説かれてこうして悦《よろこ》んでいる女と、そうではない、僕にはとても手に負えないような何かを持った女の二人を、同時に抱いているようなそんな感じだった。

「すごく好きだよ」

事が済んで、僕にぎゅっと抱きついたまま離れない彼女に僕は囁《ささや》いた。それが、この女をこれからもこうして抱くための詭弁《きべん》なのか、それとも自分の本心なのかよくわからなくなっていた。ただひとつだけ確かなのは、それがどちらでもいいから、明日《あした》の夜もこうして彼女を抱いてみたいということだった。

「私も、すごく好き」

僕の首筋にずっと舌をはわせる彼女の言葉に、体の奥のほうが痺《しび》れるような感じがした。

明日も仕事が早いから今日は帰ってと彼女は言った。普通の女だったらまったく逆のことを言う。それも違和感を抱いたひとつだった。しかし僕は彼女の言葉に頷《うなず》いて彼女の部屋を後にした。それは僕にとっても願ったり叶《かな》ったりで、できれば行為の後にだらだら時を過ごしたくはないし、寝るときは一人でゆっくり寝たい。

彼女の部屋を出て、さっきまでいたバーに戻る。止めておいた自転車に乗って僕は自分のアパートに戻り、体に残った彼女の残り香を鼻孔で感じながら眠りに落ちた。

翌日、昼をずいぶん過ぎたころに目がさめた。起きた瞬間に、まだ鼻孔に彼女の匂いが残っていた。僕はすぐに携帯を開いた。彼女から電話かメールがきているような気がしたからだった。しかし、そこには着信もメールもなかった。

僕は少し苛立《いらだ》ちを覚えた。勝手なのは承知だが、あったらあったでうっとうしく感じるくせに、なければないで、自尊心を踏みにじられた気になってしまう。はまってしまったのかなと思い、慌ててその考えを打ち消した。筋書きとしては、五歳年上の遊び慣れてない女を、いつも以上に簡単に口説き落とした、ただそれだけだし、そう思い込もうとした。

それでも僕はその日、ちっとも落ち着かなかった。近くのラーメン屋に食べに行くときも、久しぶりに髪を切って馴染みの美容師と冗談を言い合ってる間も、シャワーを浴びて店に向かうときも、またじめじめとした天気に戻ってそれほど忙しくはない仕事をしている間も、僕は何度も携帯を確かめた。しかし彼女からの連絡はなかった。

ここで先に連絡したら負けだな。僕はそのとき、一刻も早く彼女の声が聞きたかったのに、まだ手慣れた男を演じていた。

いまでも僕は考える。あのとき、僕が「君が本当に好きだ」と日中からずっと電話でもしていれば、事態は変わったのだろうかと。

ようやく彼女からメールがきたのは、午後一時を回ったころだった。しばらくの間、そこに何が書いてあるのか、僕はまったくわからなくなっていた。そして、いくつもの気持ちが同時に僕を包み込んで、僕はそのうちのどれをいま感じるべきなのかわからなくなってしまっていた。

「何があっても会いたい」という渇望と、「あんな地味な女に」という怒りと、「遊ばれたのは俺のほうだったのか？」という悔しさ、他にも言葉にならない気持ちが山ほど押し寄せてきていた。そしてそれぞれから彼女の「向こう側」にあるストーリーを想像してしまっては、拳《こぶし》を握りしめて体の震えを必死に抑えていた。

液晶を何度も見直す。何度見直してもその文面は変わらない。

「彼がいないとあなたに嘘をつきました。あなたとはつきあえません。本当にごめんなさい」

ずいぶん経って、といってもおそらく五分くらいだと思うが、僕は大きく息を吸って、トイレに行くふりをして彼女に電話をかけた。電話の向こうから「ただいま電話に出ることができません」というアナウンスが流れてきた。

「その女がいたのか。偶然？」

「偶然、だと思います」

閉店まで三〇分以上を残して客がはけてしまったころ、僕は片づけをしながら、キッチンから出てきて一服していた須藤さんに、いつのまにか一年前の話を始めていた。ふだん僕は女関係の話を人にすることはまったくない。思い出話ならなおさらだ。

しかし、そのときは相手が誰でもいいから話さないと、いつまでも足の震えが止まりそうになかった。

「それで？　一年前はそのメールがきて、電話をかけたけど出なくて、それっきりになったのか」

「それっきりです」

僕は言った。正確に言えばそれは嘘だったが、彼女と関係があったのは、彼女と言葉を交わしたのはその一夜だけだったことに間違いはない。

「たけし、おまえもてるよな。俺なんかよりずっと」

須藤さんはショートホープを灰皿に押しつけながら、笑った。僕は「どうでしょう」ととぼけた顔をしてみせた。

「いまの話はおまえにとってふたつに解釈できる。一晩かぎりだったが一生忘れられない女に出会った、俺はその思い出を抱えたまま生きていく、というのがひとつ。もうひとつは、一晩かぎりだったからこそ、他の女と違って悔いが残ってしまっている、しかしその女も一か月でもつきあえば他の女と同じ程度の思い出しか残らないだろうなと思うことだ」

僕は頷いた。それはわかっている。わかっているのだが、どうしても体のどこかが納得してくれないという感じだった。

「男は好きになったり寝た女のことはもっと知りたくなる。これはふだん女が言う台詞《せりふ》だが、男だって同じだ。ただしその知るというのは、女のように相手を理解してより愛するということじゃない。自分が不安になりそうなその女の向こう側の話や過去の話を、自分の中で清算していく作業だ」

金曜日だったが客足は途絶え、まだ二時前だったが、須藤さんは「もういいよな」と、外とテーブル席のライトを消してカウンターに座った。僕もひとつおいた席に座った。

「その知る作業ができなかった女、しかもセックスでも笑顔でも会話でもなんでもいいが、自分にとって何かが気持ちよく収まった女については、それは後を引くよ。俺もおまえほどもてはしないが、そんな経験くらいはある」

須藤さんは自嘲《じちょう》気味な言葉を、ちっとも自嘲してない口調で言った。二本目のショートホープに火をつけている。僕は黙って頷いた。

「そんなときの俺の対処法はあれだよ、ブルース・リーだよ」

「ブルース・リー？」

「考えるな感じろ、ってやつ」

「須藤さんそれ」

僕は思わずふき出した。

「なんかいまの話の流れからだと、使い方間違ってるような気がするんだけど」

すると須藤さんは、目を細め、僕のほうに伸ばした右手のてのひらを上に向けて、指を揃えてくいっくいっと動かした。

「似てね」

僕は笑った。須藤さんも堪《こら》えていたものが出てしまった感じでふき出した。

「自分があっさり嫌われたのでもいい、彼女に事情があったのでもいい」その子の話はもう想像するしかないわけだ。でもどれが正解かはわからない。確かめる術《すべ》もない。そういうときは感じるんだ。会って、話して、体を触れあったときの彼女だけを感じる。それ以外のことは考えない」

須藤さんは、ぽんと大きくショートホープの煙を吐き出した。

「それを思い出してオナニーでもしちまえば、なんとかなる」

一年前、彼女に電話をかけて彼女が出なかったことが終わりではなかった。

僕はその夜、店が終わると彼女の部屋へ行った。そこに「彼」がいたらと思うと少し足がすくんだが、そのときはそのときだと、ドアチャイムを鳴らした。彼女は出なかった。ドアに耳を押し当てたり、新聞受けから中を覗《のぞ》いたり、反対側のアパートから彼女の部屋の様子を探ったりもした。

どうやら彼女は本当にそこにはいないようだった。

僕は諦《あきら》めて自分の部屋に戻った。酒を探したがそんな日にかぎって切れていて、しょうがなくペットボトルのお茶で我慢した。今日は眠れないんだろうなと思ったが、自分があてにならないとはこのことで、五時くらいになると疲れからかベッドにもたれたまま目を閉じていた。

電話が鳴ったような気がした。目覚めると、いま自分がどこにいていつなのかがわからないくらいぼんやりとしていた。

携帯を見ると確かにそこには着信があった。五時四八分。彼女の名前がそこにあった。僕は大きく深呼吸をひとつしてから、その履歴を押した。彼女へ繋《つな》がり始める。彼女は何を言うつもりなのか。そして僕は何を言うべきなのか。

そんなことを思い悩む必要はなかった。僕の携帯は彼女に着信拒否されていた。

そこで僕は自分がどんな気持ちだったのか思い出すことができない。次の瞬間、僕は自転車を走らせて彼女の部屋へ向かっていた。彼女の部屋のチャイムを鳴らす。出ない。さっきしたように、彼女が居留守を使っているのかを確かめる。やはり本当にいない。

少しだけ冷静さを取り戻したが、僕は待とうと思った。彼女のアパートは大通りからいくつかの小さな道を曲がったところにある。僕はアパートからいちばん近い角の自動販売機の隣のブロック塀に腰かけて、缶コーヒーを飲んだ。

空はすっかり朝の明るさになりつつあって、何人か人も通りすぎたけど、僕は動かず、彼女が現れるまでここで待とうと思った。もしどこか男のところにでも行っていてそのまま出社してしまったらアウトだが、着替えやシャワーのために一度部屋に戻る可能性のほうが高い。

一時間以上は待ったと思う。僕の読みは当たった。というか希望が叶《かな》った。ふと向けた目線の先に、彼女が現れた。ゆっくりとこちらに向かって歩いてきている。

僕はすぐ駆け出して彼女のほうへ行こうと思ったが、頭の中の信号がそれを止めた。

そしてゆっくりブロック塀越しに下がって、彼女から見つからないように身を隠した。

朝の住宅街には不釣り合いな雰囲気だった。ぼさぼさに乱れた髪、疲れ果てた姿。そして少し近づいてきたときに、僕には泣きはらしたであろうまぶたと、そしてもうひとつ、真っ青に腫《は》れ上がった左頬が見えた。

彼女はもうすぐそこにいた。彼女は僕には気がついていない。ここで声をかければまた彼女のあの体を抱けるかもしれない。

しかし僕は動けなかった。自分の心臓も肺も動いてないんじゃないかと思うくらい、硬直していた。

彼女は角を曲がり、自分のアパートのほうへととぼとぼ歩いていった。膝丈《ひざたけ》のスカートの揺れる裾《すそ》から、彼女の白いふくらはぎが見えた。

今日、偶然出会うまでの最後の記憶は、そのふくらはぎだった。

須藤さんは「じゃあ明日《あした》な」と何も聞かなかったかのように、店を出るとヘルメットをかぶってバイクで帰っていった。

僕は一年前とついさっきの彼女のふくらはぎを交互に思い出す。

彼女がそれを望んだか望んでいないかは関係ない。あのとき、僕ははっきり殴られ泣いたのであろう彼女の「話」を知ることを拒否したのだ。須藤さんの話でひとつわかったことは、僕には彼女に対して後悔でも恨みでも、逆に一時の運命の女のように崇《あが》めたり、「かっていい女に出会った」とうそぶいたりする権利など、最初から持っていないということだった。

僕は少し恐ろしくなった。それは、彼女だけではなかったからだ。いままでのすべての女がそうだった。僕は誰一人の話も無様に受け入れることもしなかったし、誰一人の話も自分の中で格好悪く感じようとはしなかった。

それでもいいような気もしたが、それでは後で何か取り返しのつかないことになるんじゃないかと、妙な怖れが僕を包み始めていた。

大きく息を吸った。僕の鼻孔にかすかに残っているのは、彼女ではなく、寛子の匂いだった。

僕は寛子に「終わったよ」と電話をかけた。いまできることと言ったら、それくらいしか思いつかなかった。

VI　私のスリッパはどこなんだ？

その夜いつものように、仕事が終わりましたとメールで報告してきた彼女に、私は一度家に戻ってきちんと身繕いをしてから来なさいと返信した。

一時間半後の午前〇時ちょうど、いつもの品川《しながわ》のホテルに現れた彼女の姿を見て私は思わず笑ってしまった。

「披露宴帰りみたいだな」

私の言葉に恥ずかしそうにうつむく彼女は、そうとしか形容しようがない黒のワンピースドレスに、パールのネックレスをつけていた。

「何事なんだ」

「今夜が」

彼女は一度ぎゅっと唇をかみしめるような仕草をした後で言った。

「卒業だとおっしゃったので……」

私は表情を変えずに彼女を見つめた。彼女は、一度目を合わせるとまた唇をぎゅっとつぐんで、少し目を伏せた。

彼女とはちょうど一年前の夏に出会った。彼女が二六歳で、私は四六歳だった。

出会ったその日に私は彼女を口説くこともなく抱いた。度の強い眼鏡にメイクもほとんどしていない、野暮ったい服装の彼女は、なぜ自分がそんな風に男に扱われるのか混乱しているようだった。

おそらく、きちんと手続きを踏んだきちんとしたつきあいときちんとしたセックス以外のものが、この世に存在することは知っていても、それが自分の身に起きることは想像もしていなかったのだろう。

「なぜ私なんですか？」

一か月ほど経ったときに彼女はそう聞いたが、私は笑うだけで答えなかった。そこに理由はない。わかっていたのは、彼女が私の好みどおりに「カスタマイズ」できるということと、彼女自身、変わる価値があるということだけだった。

そして実際、彼女は私も驚くほどにあっという間に変わった。それはセックスにおいてのことだけではない。

私はまるで父親のように、兄のように、教師のように、ごくあたりまえのことをいつも告げた。

「敬語を正しく使いなさい」

「背筋を伸ばしなさい」

「はっきりした声で受け答えしなさい」

「私の靴は必ず揃えなさい」

「会うときは下着を替えなさい」

「きちんとした美容院で髪を切りなさい」

「眼鏡をはずしてコンタクトにしなさい」

「連絡ごとは簡潔に迅速に行いなさい」

性的に「調教」するというのも確かに大きかったが、たとえが突飛なのかもしれないが、私の気分としては「マイ・フェア・レディ」のヒギンズ教授のようなものだったのかもしれない。

しかしそういう関係をいつまでも続けるわけにはいかない。いつか私も彼女に飽きる。いつか彼女も普通の結婚をする。しかしそれをぎりぎりのラインまで引きずってしまっては、私にとっても彼女にとってもろくなことにならない。もちろんこの考えには、「予防」と「言い訳」もかなりのパーセンテージで含まれていることは私も認める。

「最初に会ったのはいつだった？」

六月のある日、私は彼女の作る焼酎《しょうちゅう》の水割りを飲みながら言った。彼女にも、必ず私と同じものを飲みなさいと教えてあり、彼女も自分の分を作った。

「二年前の七月です。二九日です」

「よく覚えているな」

彼女の即答に、私は半分呆《あき》れ、半分感心して言った。彼女も半分恥ずかしそうに、半分嬉《うれ》しそうに頷《うなず》いた。しかし次の私の言葉で、彼女の表情は凍りついた。

「ではそこがおまえの卒業の日だ」

彼女の目にじんわりと涙が浮かんできたが、私は視線だけでそれを戒めた。彼女は鼻を少し膨らませて懸命に込み上げる感情を抑えているような仕草をした。そして大きく息を吸い込んだ後で、うつむき、小さな声で言った。

「わかりました。それまでよろしくお願いします」


そして七月二九日の土曜日、彼女は披露宴帰りのような格好で私の元を訪れ、いつも以上に淫《みだ》らな行為に没入した。

行為を終えていつものようにシャワーを浴び彼女に体を洗わせた。ずっと押し黙ったままの彼女は、いつも以上に私の体をゆっくり丹念に洗っていった。

「前にも言ったが」

私は言った。

「卒業はさせるが、これで終わりという意味ではない。そう感傷的になるな」

彼女は一瞬体を洗う手を止め、私を見つめた。そしてすぐにボディソープをスポンジに足して、「はい」とだけ頷くと私の足を洗い出した。

シャワーを終え、部屋で酒を作らせているときに私は言った。

「検査はちゃんとしているか？」

彼女は一度「え？」という顔をした後で、私の質問の意味を理解して頷いた。

「はい。きちんと行ってます」

「問題はないのだな？」

「ありがとうございます。大丈夫です」

彼女と会い始めたころに、私は彼女からひとつの告白を受けていた。

彼女の頭の中には、脳腫瘍《しゅよう》があるらしい。それがわかったのは私と出会う一年ほど前だった。自覚症状もなく、MRIの検査結果も「良性」だったらしいが、その事実は彼女に重くのしかかった。

私に出会ったときには、彼女には長くつきあった恋人がいて、ちょうど病気がわかったころから何度も結婚の話を切り出されたらしいが、彼女はそのことが引っかかって、どうしても頷けなかったという。

彼女は自分が言われた脳下垂体腫瘍という病気について、病院で事細かに聞き、自分でも必死に調べた。やがて彼女は、自分がその中でも症状が出にくいラトケ嚢胞《のうほう》というものだということもわかった。

その病気は、一生発症しない可能性のほうが高く、五年間の生存率も九六パーセントだった。しかし彼女にとってそれは、良性であっても癌の一種であることには変わりはなく、残りの四パーセントの事実をどうしても「たったの四パーセント」と捉《とら》えることができなかった。

その話を涙目で語った彼女に、そのとき私は自分が冷静だったのか冷淡だったのか、自分でもよくわからない。

「医者に言われた検査期間を守りなさい。そして将来、その事実は忘れずにきちんとした結婚をしなさい」

そしてこの瞬間も、私は同じ言葉を繰り返した。

おそらく彼女と同い年くらいの若い男であれば、もっと親身になって相談にのったりするのだろうが、私はそれを優しさと感じるには年を取りすぎたし、もっと言えばそういう若さを偽善だと感じる年になってしまっていた。

「はい。きちんとします」

彼女は答えた。「検査」のことだけにも、「検査」と「結婚」両方のことにも取れるような言い方だった。

私が焼酎を飲み続けても、彼女はなかなかグラスに手を伸ばそうとしなかった。私は溜息《ためいき》をひとつついてから言った。

「改めて言うが」

私はグラスに向けた視線だけで「飲みなさい」と彼女に告げながら言った。

「おまえのことはこれからも呼ぶときは呼ぶ。それはこれまで同様、おまえに断る権利はない。ただし、これからおまえは結婚すべき男を本気で探して、きちんとつきあい、セックスもしていい。その許可を与えるという意味での卒業だ」

彼女はうつむいたままだった。

「悲しむことはないだろう？　新しい男を許されたうえに、まだ奉仕も続けさせてやると言ってるんだ」

私は笑ってみせたが、彼女は笑みを向けなかった。グラスは手に持ったが、酒を口に運ぼうとはしないままだった。私はもう一度溜息をついてから言った。

「特別に」

私は壁の時計で時刻を見て、自分の言いかけていることにすでに少し後悔しながらも続けた。

「もう一度させてやろうか？」

私がそう言うと、彼女はゆっくり顔を上げて、潤んだ目で私を見つめた後で言った。

「お願いします」

部屋を出ていく彼女を見送った後で、私は少しうたた寝をしてしまって、家に戻ったのはもう九時近くになっていた。

私は誰もいない家で、眠る前に古いビデオを引っ張り出してきて、久しぶりに「マイ・フェア・レディ」を見た。ミュージカル映画で、オードリー・ヘップバーンが演じる訛《なま》りのきつい下町の花売り娘を、レックス・ハリスン演じる言語学者で上流階級の紳士がレディに育て上げるというあらすじは覚えていたのだが、最後に彼らがどうなったのかがどうしても思い出せなくて、確認したくなったのだ。

早送りしながら、忘れてしまっていたシーンだけを拾うように見ていった。そしてラスト、ヒギンズは、育て上げたイライザと諍《いさか》いになり、逆にやりこめられてしまう。

「私はあなたの靴の泥じゃない」

「生意気な女め。話し方は教えたが、そんな考え方は教えたことはない」

これが私と彼女の結果だったら、私は耐えられないだろうなと思うと、思わず苦笑してしまった。

そしてイライザは出ていき、ヒギンズは悲しみに打ちひしがれる。

くそ、なんてことだ！
あの娘の顔がちらつく
一日が始まらないじゃないか
あの娘の口笛が懐かしい
笑顔、しかめっ面、そのすべてが
呼吸のように私のものになった
前は一人でやっていた
その生活に戻るだけ
でもあの娘がいることに慣れてしまった
あの娘の声に

あの娘の顔に

私としてはこのまま終わるほうが好みだったが、そこはやはりハリウッドの王道のミュージカル映画だったためか、ヒギンズの元へイライザが帰ってきて、ヒギンズが喜びながらも「私のスリッパはどこなんだ？」と憎まれ口を叩《たた》くところで映画は終わった。

私はビデオテープを巻き戻して元にしまうと、ベッドに入って眠った。

目が覚めたときは午後三時を過ぎていた。さすがに年齢的に、昨夜は「無理」をしすぎてしまったようで、体の節々が痛み、眠気が取れずにぼんやりとしたままだった。私は身支度をすると会社へ出向き、社員たちに一通りの「挨拶《あいさつ》」をさせ、連絡ごとに目を通すと仕事を早々に終え、取引先のひとつであるレストランに一人で向かった。

店に入ると、奥のテーブルの男二人、女三人の客の中から、一人の男が手を振った。この店で知りあった、久石という小説家だった。まだ三〇歳前後と若かったと思うが、何度か顔を合わせているうちに親しくなり、お互いに一人で来ているときなどはときどき、カウンターで二人で酒を飲んだりもしていた。お喋《しゃべ》りでマナーはなっていなかったが、目上の者に対する礼儀だけはしっかりできている男だった。

一人で馴染《なじ》みのシェフが作るポトフを食べていると、久石たちのテーブルから若い女たちの下品な笑い声が聞こえてきた。おそらく、彼女と同じくらいの、二〇代半ばかそれを過ぎたあたりの女たちだろう。しかし、いまどきの高い服を着ていまどきのメイクと髪型で飾っている女たちは、確実に彼女よりも下品だった。

私の願いが通じたのかどうかはわからないが、それから三〇分としないうちに女たちは久石に連れられ店を出て行った。会話の端々から、これから近くのバーに移ろうとしていることはわかった。

めずらしく久石が会釈もなしに出ていった理由はその五分後にわかった。久石は一人で戻ってくると、私の隣に座った。

「お騒がせしました。ご気分を悪くされてないといいんですけど」

久石はウェイターにワインをボトルで頼んでから言った。

「それを言うために戻ってきたのか？」

「それと、皆川《みながわ》さんと一緒に飲むため」

久石は運ばれてきた二つのグラスを指さして言った。

「彼女たちは？」

「帰しましたよ、あの男一人にまかせて」

「それでよかったのか？」

「正確に言えば、のほうがよかった、ですかね」

久石は笑みを浮かべ、私は肩をすくめた。

「久石くんは、いつもきれいな女の子たちを連れているね」

「皆川さん、それ」

久石はワインを注ごうとするウェイターを制し、自分で二つのグラスに注ぎながら言った。

「皮肉ですか？」

「皮肉？」

「そんな、いつも僕が連れてるのが、見た目だけの不感症ばっかりだってことくらい、皆川さんお見通しのくせに」

私は久石が差し出すグラスを、礼を言って受け取った。

「あまり失礼なことは言いたくないが」

ワインに口をつけてから私は言った。

「それをわかっているのに？」

「なんでちやほやしちゃうか、ですよね。まあ答えは簡単ですよ。顔は可愛いから、ですね」

「それだけの理由？」

「それだけの理由です」

久石は笑った。私はもう一度、肩をすくめてみせた。

「もうこの年になってしまった私にはよくわからないな。私は行儀のなっていない女性とは同席したくない。たとえどれだけ造型が整っていても」

「皆川さんは、ほんとに変わった言い回ししますね。今度、皆川さん口調の登場人物が出てくる小説書きますよ」

「ありがたいが遠慮させていただく」

　私がふっと笑みをこぼすと、久石は大口をあけてげらげらと笑った。

「聞きたいのだが」

　私は、もともと礼儀はきちんとしていて、さらに私の教えであらゆる粗相のなくなった彼女を思い出しながら言った。

「そういう下品な女性と同席していて、腹立たしく思うことはないのか？」

　久石は口を尖《とが》らせるようにして、宙を見た後で言った。

「まあ生意気で不感症の女なんか、俺の人生には一ミリも関係ないですからね。でも酒飲んでるときに、目の前に不細工がいるより、そこそこ可愛い子がいたほうが、いいつまみになるんじゃないかって、そんだけなんですけど」

「私は生意気な美人より、愛嬌《あいきょう》がある不細工のほうがいい」

　ふと彼女の顔が浮かんだ。もちろん不細工などではない。しかし万人が認める美人というわけでもない。しかし確実に、彼女には見た目以上の「器量」がある。

「人は様々な価値観を持って生まれるんですよ、きっと」

　しかし久石は私の言葉を冗談だと受け取ったようで、また下品に笑いながら言った。

「僕の場合、だったらいい酒飲むために、生意気な女に心にもないことも言うし、お世辞言ってつけあがってる姿を眺めつつ、ああいつかはかっこいいけど不感症の男と結婚でもして、やたらインテリアとかには凝るような寒々しいセックスレス家庭でも築いて、おばちゃんになっても私は特別よ光線出して生きていくんだなあと、まあそんな風に楽しむわけです。逆に酒場で説教したって、変わらないですからね、そういうタイプは」

久石は先ほどまで自分がいたテーブルのほうへ目をやって言った。私は妙に感心していた。

「久石くんはすごいな」

「そうですか？」

「だが言えることがある」

私は笑いを堪《こら》えながら言った。

「この世界が行儀の悪い不感症で埋め尽くされる日が来たら、確実に悪の温床は君だ」

今度は私も冗談のつもりで言い、久石はワインを吹き出して笑った。

深夜になってから家に戻った。

家の中はひっそりと静まりかえっている。

私は携帯を見た。彼女からのメールはなかった。彼女のほうは一睡もせずに仕事に行っているわけで、おそらくもう今日は眠ってしまっているだろうと、私も何も打たずに、またそのまま眠った。

もしかしたらこのとき、私がメールをしていたら何かが変わったのかもしれない。

すべては翌日の夕方にきた、彼女からのメールで始まった。

件名：ご報告があります

昨晩眠れず近所のバーに一人で飲みに行ったのですが、そのバーで働いている22歳の男の子に口説かれました。

「結婚を考えてるから年齢的に無理」と言ったら「付き合っていてそう思ったら言っていいよ、いっぱい遊んできたからもういい」と言い返されてその一言で何だかセックスしたくなってしまってしてしまいました。

相手は付き合って欲しい、と言っています。付き合ってみてもよろしいでしょうか？

全てご報告が遅くなり申し訳ございません。こんなに突然何かあるなんて思いもせず動揺してご連絡する事を思わず躊躇《ためら》いました。ごめんなさい。

何が書いてあるのか理解するのにしばらく時間がかかってしまった。

「社長、お電話です」という声が聞こえたが、私は右手を上げる仕草だけで、電話を取り次ぐことも話しかけることもしてはならないと告げた。

「まず昨夜のうちにもうやったのか？」

返信を終えて、私は彼女が書いていることをわざわざ確認している自分が、そうとう慌てていることを知った。

「はい、ご報告も了解も得ず本当にごめんなさい」

もしかしたら私は彼女に試されているのだろうかと思い、そう思うと混乱と怒りが同時にこみあげてきた。

「そこまで尻軽《しりがる》だとは思わなかったから素直にびっくりしている」

イライザはここでヒギンズに猛反論をしてくるが、彼女の返事は映画からそれ始めていた。

「ごめんなさい。やってしまって自分自身が分からなくなりました。心も体も壊れそうです。自分を肯定したくて付き合おうと思っているのかも何もかもわかりません」

私はしばらく携帯を置いて腕を組んで動かなかった。彼女がいま何を考えているのかどころか、自分がいま何を思うべきかさえわからなくなってきていた。

「今夜、いつものところへ来なさい」

ようやく打てたのはそんなメールだった。

品川のホテルのいつもの部屋に彼女が現れた瞬間、私は自分でも予想していなかったのだが、三度続けて、その頬を強く張った。手を上げたのは初めてだった。彼女はぶたれた痛みというよりも、ぶたれたことによってせき止めていたものが壊れてしまったかのように、その場に崩れて号泣した。

「どうするんだ、その男は」

私は言った。彼女は泣きじゃくったまま言った。

「お断りします」

「つきあわないのか？」

「つきあいません。きちんと一人になって考えなきゃいけないことを考えます。本当に申し訳ありません」

私は大きく息を吸い込んでから言った。

「自分のことだけを考えてそう言ってるのか？」

彼女は真っ赤に腫《は》らしたまぶたと、少し青くなっている左の頬を見せ、私を見た。

「私に気を使ってそう言うのであればその考えはやめなさい。本気でつきあいたいのなら、許すしかないだろう。私が怒っているのは、昨日の今日でそういう裏切りを平気でできるおまえの軽さ醜さだ。くだらない男のくだらない口説きにやすやすと乗るおまえの淫乱《いんらん》ぶりについてだ。そんなことを教えたつもりはない」

話し方は教えたが、そんな考え方は教えたことはない。

「だが、本当にその男と結婚もしたいからつきあいたいと思うのであれば、正直にそう言いなさい」

彼女は私の言葉のひとつひとつを確かめるような顔をしてから言った。

「断るにしてもつきあうにしても自分が信じられないです。最低な事をしたと自覚してます。なのでもう断りました」

「もう？」

「さきほどこちらに向かう途中でメールをしました」

「なんと打ったんだ？」

「『彼氏がいないと嘘をつきました。ごめんなさい。あなたとはつきあえません』と書きました」

「返事は？」

「一度電車に乗ってるときに着信がありましたが、メッセージは入っていませんでした」

私は黙った。まだそのことに対する対処まで頭が回らなかったというのが本音だった。

「卒業を言い渡した私へのあてつけだったのか？」

やがて私がそう言うと、彼女はまた涙をぼろぼろとこぼしながら首を激しく横に振った。

「違います。捨てられた後、私はどうしたらいいんだろうと思うと焦ってしまって……」

「捨てられる？」

私は口調を強くして言った。

「おまえは私の言うことを聞いていなかったのか？　卒業をさせると言っただけだ。これからも呼んでやるとも言った。ただしきちんとした結婚相手を見つけなさいと」

「それは」

めずらしく私の言葉の途中で彼女が言った。これまでだったら許されないことだった。

「私にとっては捨てられることと同じだったんです」

口答えを戒めることもできず、私は言葉を失ってしまった。

「それで」

しばらく経ってから、私は自分で酒を作りながら、床に正座したままの彼女に言った。

「そんな若い男の、どこでも聞くような安っぽい口説き文句で、喜んで股《また》を開いて腰を振ったわけか」

一気に瞳《ひとみ》に涙があふれてきたが、彼女はそれをぐっと堪えていた。

「ものすごく焦っていて、早く人から愛されたいと思っていて、誰かを見つけないとと不安ばかりでそんな自分が怖いです。見つけたい気持ちと焦りでこんな私を好きになってくれるのならと思っているから、あんな事をしてしまったんだと思います」

「それを」

私は彼女の分の水割りも作りながら言った。

「本気で後悔しているのか？」

「はい」

彼女は頷《うなず》いた。私は作った酒に口をつけることもできないまま、それからずいぶん長い間、じっと彼女の顔を見つめていた。

その後、泣きながら彼女は必死になって私に「奉仕」をした。その途中も私はその男との話をひとつひとつ報告させ、そのたびに彼女の頬を張った。

「どうせおまえのことだ、そんな男でもちゃんといくんだろう?」

私は行為中にわざと彼女に言った。彼女は一瞬にして泣き出しそうになったが、「はい」と頷いた。

「他の男でも感じてしまう自分がいやです」

屈辱的な台詞《せりふ》だった。

そして私は一晩中、彼女を抱き、話をさせ、頬を打ち、嫉妬《しっと》と怒りに包まれた。

「携帯を出しなさい」

もう外が明るくなってきていた時間に私は言った。彼女は言われるままにバッグから携帯を持ってきた。

「その男の名前を出しなさい」

私は言った。彼女は素直にアドレス帳から、男の名前を表示させて私に手渡した。そこには「たけしくん」と書かれていて、電話番号と携帯のメールアドレスが入っていた。

私はそれを着信拒否にしたうえで、削除した。そのとき、誤って一度通話ボタンを押してしまったが、すぐに切った。切った後で、相手が出たところで話してやってもよかったかと思ったが、一晩中いろいろなことを考え、いろいろなことをしすぎたせいで、私は朦朧《もうろう》としていてその考えを捨てた。

しかし朦朧としてはいたが、いまこの瞬間、彼女を離すことだけはできなかった。それは、ここで帰してしまってはまた同じことが起きてしまうかもしれないという、嫉妬なのか錯覚なのかよくわからない感情のせいだったのかもしれない。

彼女の出社時間が近づいてきて、私はホテルの部屋を出る彼女に言った。

「帰ったら戸締まりをしっかりして、仮に男が来たとしても、万一騒ごうが絶対に開けずに警察と私に電話をしなさい。いま出たら、そのバーの名前と場所をメールしなさい。行って何かするわけではない。おまえが何かされたときのために教えておきなさい。しばらくの間、どんな些細《ささい》なことでもすぐに報告をすることを忘れないように」

怒りに包まれていたはずが、私は彼女の心配をしていた。滑稽《こっけい》だと思った。

彼女は「わかりました」と頷くと、部屋を出ていった。


それから三日連続で、私は彼女を呼んだ。表向きは彼女の身の安全を心配してのことだったが、おそらく「この女を他に渡すわけにはいかない」という占有欲と嫉妬からだったと思う。

彼女も言われたとおりに来て私に抱かれ、三日目ともなるとまるで自分のやらかしたことを忘れたかのように、「今日も呼んでいただけて嬉《うれ》しいです」と笑った。

ヒギンズの計算は大きくずれていった。

そしてその男から何の連絡もない状態が続いた後でも、私は頻繁に彼女を呼び出すようになった。最初の一年、「卒業」を言い渡すまでの日々よりも確実にそれは多かった。

「誰かにとって圧倒的な存在であること」

それがおそらく彼女が望んだことなのだろう。あるとき彼女は「一生、あなたの言いなりで生きていきたいです」とまで言ったのだが、本当に実現することはないと知りながらも、その願いはある意味では本心だったのだろう。

だとしたら、彼女の勝ちだった。

私に罵倒《ばとう》され頬を張られ、ぼろぼろと涙をこぼしながらも、嬉しそうに私の体を「奉仕」する彼女は、確実にかつての彼女よりも自信に満ちあふれていた。

同時に私にはひとつのことがわかっていた。

こうなった彼女は、やがて私が言い渡す必要もなく、きちんと自分から「卒業」していくのだということを。

そして実際、彼女が二八歳の誕生日を迎える前に、そうなった。

その夜、私は彼女と寝た男がいるバーに一人で向かった。

その男はすぐにわかった。冷静に、客観的に見ても、若く、なんの深みもない、ただ見てくれがいいだけの男だった。彼はカウンターに座る常連客に、自分の恋人の自慢話をしていた。そのときの私には、怒りも嫉妬もなかった。なぜか、無性に自分を情けなく感じていた。

　こんな男に自分が育てた女を寝取られたのかと思ったのか、こんな男とあれだけ育てた女は軽々寝てしまうのかと思ったのか、どちらかはよくわからなかった。

　彼女の住むアパートはすぐ近くだった。二度ほど携帯を取り出したが、やはりかけるのはやめ、私はそのまま家に帰った。

　いつものように遅くに戻ったつもりだったが、少し早かったようで、私が玄関を開けると、居間のテレビが消える音と、慌てたように立ち上がる音が聞こえた。

　居間に入ると、高校生の娘の宏子《ひろこ》が、パジャマ姿でバツが悪そうに立っていた。

「ただいま」

　私は言った。宏子に対して言葉を発するのは何週間ぶりだったろう。

「おかえり」

　宏子はいかにも話しづらそうに、私に目を向けずに言った。妻はとっくに自分の寝室で寝ているのか、どこかへ遊びにでも行っているのか。

「寝るところか？」

　私がそう言うと、これで会話をしなくてすむとでも思ったのか、宏子は少しほっとしたような顔になった。

「うん。いま。おやすみ」

　そう言うと私の返事を待たずに、宏子は自分の部屋へと引き上げていった。

宏子がいなくなるとそこには、いつもの私が見慣れた、誰もいない家がそこにあった。

「私のスリッパはどこなんだ？」

その台詞は、私には言う相手がいなかった。

Ⅶ 「上」の帰宅

娘たちの名前を呼ばなくなって何年くらいになるだろうか。

「あなた、久しぶりなんだからもうちょっとましな格好に着替えたら?」

居間のソファに座って新聞を読んでいた妻が、私に「しょうがないわね」という笑みを向けながら言った。

「土日はいつもこんなもんだろう」

妻がスーパーで買ってきた、寝巻き兼用のジャージの上下のまま、私は朝食後もぼんやり食卓に座ったまま、テレビのバラエティ番組を見ていた。

「半年ぶりですよ。自分の父親がださいって、がっかりしてほしくないでしょう?」

「おまえ」

私は舌打ちをひとつしてから言った。

「五〇にもなろうかって大人が、そんな子供じみた言葉を使うな。下だってもうそんなこと言わないだろう」

「何か変なこと言いました?」

妻は私に顔を向けたが、すぐにそのことは忘れたように、眉間《みけん》に皺《しわ》を寄せてみせた。

「それよりあなた、その下とか上とか、エレベーターじゃないんですから、本人にはちゃんと名前で呼んであげてくださいよ」

「上はいくつになった」

私は妻の言葉を聞き流して言った。すると妻は、読み終えた新聞をたたみながら、大げさにため息をついた。

「そんなことくらい覚えておいてあげてください。二六ですよ。ちなみに『下』は二四」

妻はことさら「下」という言葉を強調して言うと、「もう」と自分の湯のみを持って台所へ向かった。

テレビからは日曜の昼前だというのに、昨今世の中を騒がせた金融関係のニュースをネタに、うるさいだけの芸能人たちがああだこうだと好きなことを言い合っていた。

二人の娘を「上」「下」としか呼ばなくなったのが、いつだったかまるで思い出せない。「おまえ」「上」「下」、そして私。それがこの家族だ。

「上」は高校を卒業すると東京の短大に進学し、そのまま東京の会社に就職した。「下」はこの春に地元の四大を卒業したが、就職がなかなか決まらず、やっと決まった会社が隣の県で、自宅から通うには遠すぎるので会社の近くにアパートを借りた。

つまりいまこの家には、「おまえ」と私の二人しかいない。

五一歳になる私が、会社の同年代もしくは少し上の世代の連中と酒を飲むと、おのずと子供たちの話ばかりになる。「うちの息子が親に相談もなく転職した」だの「娘の婚約者が気にくわない」だの、日本中で繰り返されているであろう愚痴から始まり、「これからこそ妻のことを大事にしていかなくちゃな」だの、もしくは「まだまだ俺は遊んでやる」だの、どちらにせよこれも日本中で繰り返されているであろう結論に落ち着く話。

「おたくはどうなの？　心配でしょう、年ごろの娘さんが二人で」

彼らの話に適当に相づちを打っていると、必ずおせっかいな奴がそう水を向けてくる。

「どうだろうなあ、うちは二人そろってそういうのはおくてだと思うんだけど」

私がそう返すと、一斉に皆が呆《あき》れた顔を作ってから、身を乗り出してくる。

「あのな、そんなのんびりしたこと言ってると、いざってときに足元すくわれるぞ。俺んとこの娘なんか、中学のときに勉強机に煙草とコンドーム隠してたんだ」

一人が自嘲《じちよう》気味にそう言うと、ここでまたそれぞれの、うちの息子はどうだった、うちの娘はこうだったの話になる。

それが子供を自慢する者の言葉であれ、子供の不甲斐《ふがい》なさを嘆く者の言葉であれ、いままで私は一度として、「俺にもわかる」と口にしたことはない。実際、その酒の席に漠然と浮かび上がる「子供」というものが、私にとっての「子供」と合致しないからだ。

別に「上」も「下」も、彼らの子供より優秀だとか逆に出来が悪すぎるとか、比べる気もないほど器量がいいとか逆に悪いとか、どの親にも負けないくらい親孝行をしてもらってるとか逆に不仲で音信不通だとか、そういったことはいっさいない。

すべてが彼らが語るような、平均的な娘たちに違いない。しかし、やはり違うのだ。とくに「上」は。

その「上」が、半年ぶりに帰ってくる。

昨夜、地元の友人の結婚式があるとかでこちらに戻ってはいたのだが、クルマで一時間以上の距離もあり、深夜まで同窓会がてら酒を飲むだろうからと、式場近くに皆でホテルを取ったらしかった。そしてさきほど、妻の携帯に電話がかかってきて、これから同じ方向の友達に送ってもらって帰ってくるということだった。

まもなく、「上」が帰ってくる。

妻は「上」の帰省に合わせて、「下」にも帰ってくるよう連絡したらしいが、会社の上司の家でホームパーティがあるから行けないと返事してきていた。妻は「なんとかならないの？」と粘ったが、結局は会社員として部下を持つ身の私の、「そういう会社の行事には参加させなさい」という一言で渋々諦《あきら》めていた。

「おまえはつきあいがどれだけ大事かわかってないんだ」

「主婦にもつきあいはありますよ」

結婚以来、四半世紀以上繰り返している会話。

ドアチャイムが鳴った。

私は、自分の体が一気に緊張しそうになるのを、目の前のテレビのうるささに必死に紛れ込ませた。

もう一度ドアチャイムが鳴る。

妻が小走りに玄関に向かった。数秒後、ドアの開く音と「自分の家なんだから鍵《かぎ》あけて入ってきなさいよ」という妻の声、続いて「バッグの奥のほうで見つかんなくて」という、娘の声が聞こえてきた。

二人分の足音が近づき、目の前に「上」が現れた。

「ただいま、お父さん」

「おかえり」

私は体をテレビに向けたまま、顔だけ向けてごくあたりまえの口調で言った。娘もごくあたりまえの笑顔を返した。

娘は大きな鞄《かばん》を置くと、食卓の私の反対側に座った。

私はぼんやりとテレビを見ているふりをしながら、娘の気配を感じた。

器量は悪くないほうだと思う。かといって、親の贔屓目《ひいきめ》でも誰もが認めるような美人というわけではないことはわかっている。服装もどこか野暮ったい。それが若者のおしゃれのひとつだと言われれば納得するしかないが、着ている服もズボン（という言葉しか私は知らない）も、一サイズ大きいようにしか私には見えない、だらんとした女性っぽさがまるでないものだ。結婚式後に遅くまで酒を飲んだ翌日とはいえ、化粧っ気もほとんどないし、度の強い黒縁の大きな眼鏡は、私の年代から見てもとてもしゃれているものには見えない。

ただ、娘には妙な「何か」があるのも事実だ。

それを単純に「色気」と呼ぶのには違和感がある。実際にそうではないと思う。身なりも顔立ちも、話すことも、どちらかといえば地味な部類に入るであろう。しかし、だからこそ男が「隙」を感じやすいかもしれない。

ただし私が感じるのはその奥にあるものだ。隙を感じて分け入ったとき、娘の奥には「妖《あや》しさ」とでも呼ぶべき何かがあるような気がしてならない。

娘を一人の女として見ることには苦痛を伴う。だからできるだけ私はそれを見ないようにしているし、どうしても感じてしまうときは、なるべく客観的に判断しようと努力している。

「変わりはないか？」

私はテレビを消し、娘に聞いた。聞いたそばから手持ちぶさたになってしまい、立ち上がると妻が読んでいた新聞を取りに行った。

「何もないよ。いつもどおり、ちゃんと仕事してる」

「お父さんが聞きたいのはそういうことじゃないでしょう」

娘の返事に、妻が割って入った。妻のそのからかうような口調に、私は少し腹立たしい気持ちになる。それは娘の口から「そういうことじゃない」ことを聞きたくないからなどではなく、そういう話をあえてしたがる妻のデリカシーのなさに対してだ。

「ないよ、そっちも」

娘はごく普通に笑顔で妻に言った。

「続いてるの？」

妻が「恋人とは」を省いて言った。娘に恋人がいることは私も知っている。就職してすぐのころから、六年くらい続いているはずだ。

「仲良くしてるよ。でも報告することは、いまのところ全然ないかな」

娘も「結婚」を省いて言った。私はそれについては返事をせず、新聞を置いて同じ椅子に座った。

これを口にすると、同世代の連中はやはりあれやこれや言ってくるのだが、私は娘に恋人がいることにも、とりたてて思うことはない。年ごろの女なのだからつきあっている男がいても不思議はないだろう程度にしか思わない。

しかし中には「娘の恋人が許せない」ならまだしも、娘がどこぞの男とつきあっているということだけで、口角泡を飛ばして怒りをぶちまける者までいるのだから、一言で「娘の父親」と言ってもさまざまなタイプがいるものだ。

結婚に関しても、私はきっと同じように思うのではないかと思っている。そのくらいの年齢なのだから、娘も結婚を考えるだろうな、と。その相手はこんな奴でなければだめだとか、親としてこれだけは言わせてもらうぞとか、そんな気持ちに自分がなるような気がしないのだ。家を離れたときのように、就職をしたときのように、ごく普通に「そうか」と言うような気がする。

「お父さん、ついに携帯買ったのよ」

「そうなの？」

妻の言葉に娘が眼鏡の奥で細い目を丸くした。

「携帯だけじゃない。会社ではデスクにパソコンも置いている」

「ほんとに使えるの？」

娘が口元で笑いながら言った。

「そこまでジジイじゃない。もうメールでもなんでも使える」

「ほんとに？　じゃあ番号教えてよ。アドレスも」

娘の言葉に私は立ち上がると、再び居間のテーブルに置いてある携帯を持って戻った。

「お父さん、めんどうくさいだろうから、私の番号とか打ち込んであげる」

娘が手を差し出して言った。私は携帯から娘の名前を探し出すと、その液晶画面を見せた。

「おまえのはもう登録してある。番号もメールも。母さんに聞いた」

「それ自分でやったの？　お母さんにやってもらったの？」

「だから馬鹿にするな」

「じゃあ私にメールしてよ。そのままアドレス登録できるから」

私は頷《うなず》くと、携帯の画面に目を向けた。情けないことに老眼はかなり進んでいて、少し手元を離さなくてはよく見えなかった。

再び娘の名前を検索する。メール作成画面に設定する。

おかしな気分だった。目の前には娘がいる。しかしもう何年か忘れたくらい、娘を名前で呼びかけたことがない。妻との会話では「上」としか言わない。その娘の名前がそこに書かれている。

娘の名前。私が名付けた娘の名前。

それは、「上」でも「娘」でもないまるで別の人物の名前に見えた。いや、もっと言えば目の前にいる娘とすら違う人物のような気がした。

「遅いなあ」

娘が笑った。馬鹿にしてるというよりも、微笑ましく初老の男を見守るような感じだった。

私にしては早く打ち終えたつもりで、送信ボタンを押した。二秒後に娘の携帯が鳴った。娘はバッグの中から携帯を取り出し開いた。

私からのメールを見て、娘は「ぷっ」と笑った。携帯を開いたまま、妻へ差し出した。覗《のぞ》き込んだ妻もふきだした。

「知ってるよ、お父さん」

私は本文は空白のまま、件名にこう打ってメールを送っていた。

「父です」

娘は一時間もしないうちに出かけていった。昨日とは違う高校時代の友人たちと昼食がてら会ってくると言っていた。妻はその間にと買い物に行った。今日のうちに東京に戻る娘のために、早めの夕食を用意するつもりらしい。

一人になった私は、ぼんやりとゴルフ中継を眺めていた。そのツアーでは、私と同い年のゴルファーが若手に交ざって三位タイと健闘していた。私自身はつきあい程度にしかやらないし、こうしてテレビで観戦することもほとんどないが、いつのまにか彼を応援していた。

サッシに微《かす》かに映る私の姿と、パーパットに臨む彼の姿を見比べてみる。顔の皺《しわ》だけで言えば私のほうが若々しいような気がした。しかしもちろん、彼の顔からも体からも発する「気」のようなものは、私とは比べ物にならないくらい力強かった。彼は自分の子供たちとどう接しているのだろう。

彼がパーパットを外し顔を歪《ゆが》めたところで、私はテレビを消して立ち上がった。誰もいない自分の家は、しんと静まり返っていた。

私はゆっくりと二階への階段へと向かった。上を見上げる。二階の三つの部屋のひとつは、もともと物置部屋として使っている。下の娘が使っていた部屋は、いまは妻が寝室にしている。上の娘が使っていた部屋は、娘たちが帰ってきたときのためにあけてある。

上の娘も下の娘も、そう頻繁に帰ってくるわけではないのに、妻はまめに掃除をしている。

階段を上る。一段、二段、三段、四段目をまたいで五段、六段……。全部で一五段ある。

私は、いまでは二人の娘用になっている、上の娘の部屋のドアをあけた。

妻が帰ってくるまで、私はずっとそこに立っていた。

夕食が終わって娘は帰っていった。夕食中もとりとめのない会話だけを交わし、私は「仕事、頑張りなさい」とつまらない言葉で娘を送り出した。

駅へ向かうバスの停留所まで見送った妻は戻ってくると、「お酒でも飲んできたらどうですか?」と笑った。久しぶりに会った娘が、また帰ってしまって感傷的にでもなってると思ったのだろう。ただ私もそのとき、無性に弘子《ひろこ》に会いたくなっていた。思わぬ形で妻が言い訳を作ってくれたことになった。

大通りに出てタクシーを拾い、弘子の店に向かった。さきほど娘が帰っていった駅の裏手に、ちょっとした飲み屋街があり、弘子の店はそのいちばん奥にある。弘子が一人で切り盛りしている小料理屋で、一階が店、二階は弘子が住居部分にあてていた。

奥まではクルマが入れないので、少し手前でタクシーを降りて歩く。いつもは賑《にぎ》やかなその短い通りは、やけに閑散としていた。電気のついている店も少ない。ようやく私はそのとき気づいた。いつも会社帰りに来ているが、確かにこの手の飲み屋は日曜日は客足もなく、休みにするのだろう。

弘子の店ものれんは出ていなかった。店の上を見上げる。二階の部屋の窓から、カーテンの隙間から明かりがもれていた。私は携帯を取り出して、弘子に電話をかけた。

「めずらしいわね」

「日曜日は休みなのか」

「え？」

「いま下にいる」

カーテンが揺れ、その隙間から弘子が顔を覗かせた。

「一人？」

「そうだ。飲みにきたんだけど」

私がそう言うと弘子は笑った。

「会社帰りの人しか来ない店、日曜にあけてもしょうがないでしょう」

「そうか、出直したほうがいいか」

「いいわよ。せっかく来たんだし」

窓の向こうの弘子の姿が消えた。

「何か召しあがる？　お酒だけでいい？」

おそらく下に降りながら電話をしているのだろう。

「いや」

私は言った。

「もしよければ、先に二階に上がりたい」

電話口の向こうで、弘子が黙った。ふっと笑ったような気もした。

「めずらしいわね」

弘子の声がそう聞こえると、店のドアの向こうに弘子のシルエットが映った。


事が済んでから私と弘子は店のカウンターに戻った。いつからそうなったのか、それが決まり事のようになっていた。

酒を飲み食事をし、閉店時間になって他の客がすべて帰ると、私は店に残る。弘子が片づけを終わらせる間、ゆっくりその姿を見ながら酒を飲み、やがて二人で上にあがる。そして行為を終えるとまた下に降り、弘子はカウンターの中に入って中瓶を一本開ける。そして椅子に座った私と、グラス二杯分ずつビールを飲む。そして私は帰宅し、弘子はまた二階にあがる。

今日は初めてその前半を省略した。

「娘さんと喧嘩《けんか》でもした？」

ビールを注ぐなり弘子が言った。私は何を言われたのかがわからず、顔を上げて弘子を見た。

「何かあったのかなって」

ぽかんとしている私に、弘子は繰り返した。

「どうしてそう思う？」

私はグラスを口に運びながら言った。弘子が何を言わんとしているのかがわからなかった。

「何もないならいいんだけど、今日ちょっと違ったからね。娘さんが帰ってきてた日だから原因はそこかなって」

「違ってた？」

私が聞き返すと、弘子は困ったような、同時に私を値踏みするような目で、ふふふと小さく笑った。

「違ってた？」

何を言おうとしているのかに気づいて、私は同じ台詞《せりふ》を違うトーンで口にした。

「違ってたよ」

「違ってたか……。そんなつもりは自分ではないんだが、どこが？」

「どこがって言われると困るなって思ってたところ」

弘子はすかさずそう言うと、おかしそうにビールをひとくち口にした。私もビールを飲んでから笑った。

「いいほうの意味だとありがたいんだが」

「それも聞かれたらどうしようって思ってたんだけど、いいほうでも悪いほうでもなくて、ただたんに、いつもと違うなって思っただけ」

弘子はまたすぐにそう返事をして笑った。行為を終えた直後だというのに、濡《ぬ》れた唇に私は欲情しかけていた。そもそも私が弘子を見初めてしまったのも、他の客に勧められたビールを飲んだ後の唇がきっかけだった。

「娘さん、いくつだったっけ？」

「二六」

「私が結婚したときだ」

「そうなのか？　別れたのは？」

「三年持たなかったからね、二八か二九だったと思うよ」

「弘子は」

私はいま自分が言いかけたことに少し躊躇《ちゅうちょ》して、一度そこで言葉を止めてしまったが、そのまま続けた。

「それ以降、結婚しようとは思わなかったのか？」

妻帯者である私が口にする資格はない質問のような気もしたが、弘子はそれには気に留めない素振りで、「うーん」と可愛らしく腕を組んだ。

「縁がなかったのよ、たんに」

「そうか」

そうとしか言えなかった。

「でも二六か、いいなあ」

弘子がのんびりとした声で言った。

「考えたら娘さんと私、干支《えと》ひとまわり違うのよ。ねえ、丑年《うし》でしょ？」

そう言われて初めて私は、娘の干支も覚えていないことに気づいた。

「わからないが……ひとまわり違うのなら、そうなんだろう」

「何かあったんでしょう？」

弘子は声の調子を変えてまた同じことを言った。

「何もないよ。高校時代の友達だかなんだかの結婚式で帰って、明日《あした》も仕事だから泊まりもせずに東京に帰った。親子喧嘩するほどたいした話もしていない」

「そうじゃなくて」

弘子は持っていたグラスを置くと、私をまっすぐに見据えて言った。

「娘さんって、あなたにとってただの娘さんじゃないんでしょう？」

弘子が何を言わんとしているのかがわからなかった。ただ、一瞬にして私の背中に鳥肌が立っていた。

「とんちんかんなこと言ってるかもしれないけど、私の勘。二人でいるときも、ここで山本《やまもと》さんたちと子供の話してるときでもそうなんだけど、あなた、何か違うのよね」

「違う？」

私は平静を装ったつもりでそう言ったが、その声はかさかさに乾いていた。同時に、ていった。

自分自身でも鍵《かぎ》のありかを忘れた箱に、その鍵が近づいていくような妙な気持ちになっていった。

「それも下の娘さんじゃなくて、上の娘さんのほう」

「上と下で、そんなに話が違うか？」

私は言った。必死に言葉を探し出した感じだった。弘子が何かを知っているのではないかという恐怖が、心の中でせりあがってきた。しかしその瞬間に、そんなわけがないかともうひとつの心の声が打ち消す。

しかし、がっしりと錠が下ろされている箱に、間違いなくその箱の鍵はどんどん近づこうとしていた。

「なんて言うんだろう、特別に思ってるというのともまたちょっと違うんだけど、距離感が他のお父さんの話と違うし、あなたと下の娘さんとも違うってずっと思ってたんだ」

弘子は言った。その言葉のニュアンスで、弘子が箱の中にあるものを知っているわけではないということはわかった。

「距離感……」

もはや私の台詞は疑問形にはなっていなかった。

「それで今日、やっぱり私としてもいつもと違うから、全部憶測で聞いてみたわけ。何もなかったら、勝手なこと言ってごめんなさい」

「上がまだ小学四年生のときだ」

私は自分でも気づかないうちにそう口にしていた。箱の錠には鍵が差し込まれ、「かちり」という音がした。

「その夏、私はいまの家に引越をしたんだ。ローンで買ったマイホームだ。娘たちは自分たちの部屋がそれぞれできたことに喜んでいた」

箱がゆっくりと開き出した。隙間から見えるその中は、漆黒で覆われていて何も見えなかった。その箱には、私が自ら手を伸ばすしかないのだ。

「おそらく二、三か月経ったころだと思う。私は酒を飲んで遅くに帰った。娘たちはもちろん、妻ももうとっくに眠っている時間だ。私は台所で麦茶を出して、そのころ吸っていた煙草を吸った。妻に換気扇の下か外で吸ってと言われていたからね」

箱の中に手を伸ばす。ひんやりとした空気が私の腕を包んだ。

「私と妻の寝室は一階にあった。二階は子供たちの部屋と物置部屋だ。そのとき私は、ふと娘たちの寝顔を見てから着替えようと、二階に上がったんだ」

そのころからなぜか四段目だけ軋《きし》む階段。私は足を伸ばして三段目から五段目に上がった。

「下の娘の部屋をあけると、寝相の悪い下の子は布団を飛び出していた。私は抱きかかえてきちんと寝かせて、布団をかけてあげた。思えばもっと小さいころは毎日していたことだった。私は娘の頭を撫《な》でてから、上の娘の部屋に向かった」

箱の中に伸ばした腕に、何かが触れた。

「上の娘は下と違って、きちんと布団に入ってぐっすり眠っていた。布団をかけ直してやる必要もない。しばらく下と同じように頭を撫でてから、私は戻ろうと立ち上がった。そのとき、娘は小さく寝返りを打った」

弘子は何も言わず、動きもせずにただ私をじっと見つめていた。箱の中のその塊を私はついに摑《つか》んでしまった。そこで言葉を切ることはできなかった。

「私はゆっくり布団をめくって、娘をじっと見下ろした。自分でも不思議だった。そのとき頭の中から、ひとつも自制心のような信号が送られてこなかった。私はもう一度そこにしゃがむと、娘の着ているパジャマに手をかけた」

箱の中の塊をぎゅっと握る。すると私の全身に、自分で忘れさせて実際に忘れていた、その瞬間から一年以上に及ぶすべての光景が一瞬のうちによみがえった。私はどうかなりそうな自分の体を、ぐっと緊張させてなんとか押しとどめた。

「それ以来、遅く帰った日だけでなく、普通に帰った日も深夜になると起き出して、私は毎日のように上の娘の部屋へ向かったんだ」

いまでも私は、家の階段の四段目を踏むことができない。

「聞きづらいんだけど」

私が黙っていると、弘子が言った。弘子の声もかさかさに乾いていた。

「最後までしてしまったの？」

私は首を横に振った。

「いたずらをしただけ？」

次の弘子の言葉に、私はどう答えていいのかがわからなかった。おそらく、弘子が聞いている意味では、頷《うなず》くことであろう。しかしそれを「いたずら」という言葉に置き換えることがどうしてもできなかった。

「いつまで続いたの？」

私が答えずにいると、弘子は質問を変えた。

「娘が小学校六年生のときだ。突然、夜は下と一緒に寝たいと言い出した。妻には怖い夢をよく見るようになったからと言っていた。妻は笑ったし、下はせっかくの一人部屋なのにと反抗したが、上は頑として譲らなかった」

「それ以降は……」

「一度もしていない」

弘子の言葉を遮って私は言った。そう、それからは一度もしていない。

「その話を娘さんとしたことは？」

「ない」

一度もない。ただ、中学のときも高校のときも、娘は決して私と二人きりで家にいようとはしなかった。私が下の娘や妻の目から離れるときには、風呂《ふろ》に入ろうともしなかった。そして娘はいまでも、家に泊まることを避ける。

「いまでも、娘さんにそういうことをしたい？」

私は驚いて弘子の顔を見上げた。予期せぬ質問だったし、考えたこともなかった。弘子はずっと無表情のままだった。私は弘子を見つめながら考え、首を横に振った。いま私は、娘を性的な目で見てはいない。これは間違いない。しかも、当時の私も果たして性的な目で見ていて、そういう行為に及んでしまっていたのかもわからなかった。

「じゃあ意地悪なこと言うわよ。生理前の少女にしか興味がないって男もいるらしいじゃない？」

私はすぐに首を横に振った。違う、私があんなことをしてしまったのは、そんな理由からではない。

「いつから、娘さんをそういう目で見なくなったと思う？」

弘子は言った。弘子の口調にはずっと、驚きや怒りや蔑《さげす》みといったものがなかった。

「わからない」

「たぶん、だけど」

弘子は大きく息を吸って言った。

「娘さんに男ができたときじゃないの？」

私は弘子を見つめた。それも予期しない言葉だった。

そして娘のことを考える。おそらくそれは高校二年のときだっただろう。もちろん娘は私にはそんな報告をするわけもないし、おそらく妻にもしなかったと思う。しかし、ある夜、帰ってきた娘の顔を見て、私は普通にそれがわかった。「この子はもう男を知ったんだ」と。そのときの私に、とくに強い気持ちの変化はなかった。我が娘のことながら、「年ごろだしな」と思っていたように思う。

それは、幼い娘の部屋に毎晩のように入り込んだ呵責《かしゃく》から、そう思おうとしたのではないようにし、どころか私は、娘の部屋に行かなくなったそのときから、そのことを思い出さないようにし、実際に箱に重い錠をかけてその箱の存在すら忘れてしまっていたのだから。

「この話をするのは、初めてだ」

ずいぶん長い沈黙の後で私は言った。気づかぬうちにずっと握っていたグラスの中のビールは、すっかり気が抜けて生ぬるくなっていた。

「弘子」

私は言った。

「娘が負った傷を考えると、私は死にたくなる。苦しんだであろう彼女に、謝罪の言葉すら見つからない。いまでも、私は娘に会うことが怖い。娘に償う方法があるのなら何だってしたい。ただ、私には、それがどうしたらいいのかが、まったくわからない」

自分でそう言いながら、きちんと言葉にできないもどかしさと、どう言葉にしたとところで私はもちろん、娘が救われることはないことを知り、私はカウンターに頭を打ち付けたくなった。

「私は君にも軽蔑《けいべつ》されただろうと思う」

私はうつむいたまま言った。

「最低だけど、軽蔑はしないわよ」

しばらくして、弘子は私と自分のコップに残った生ぬるくなったビールをシンクに流すと、瓶からかろうじて冷たさの残るビールを新たに注ぎ直しながら言った。私は、弘子に何と返事をすればよいのかわからなかった。

そのとき、カウンターに置いていた私の携帯が鳴った。メールの着信音だった。閉じたまま確認できる小さな液晶を見ると、そこには娘の名前と、件名の「Re：父です」という文字が浮かんでいた。時間的に、東京のアパートに着いたころだろう。

携帯を開いて本文を確認した瞬間、私は自分でも気づかないうちにぼろぼろと涙をこぼしていた。しばらくの間、自分が泣いていることに気づかないくらい、それは勝手にあふれ出て、勝手にカウンターにぽたぽたと滴り落ちていた。

自分が許されたわけではない。これからも抱え続ける恐怖がなくなったわけでもない。しかしそこに記されていた言葉に、私は涙を流す以外の方法を考えつくことができなかった。

私はいつまでも、涙でぼやけるその文字を見つめていた。

娘はたった一言、こう返信してきていた。

「娘です」

Ⅷ

ブルーローズ

朝五時半集合はさすがに昨夜、終電間際まで残業をしていた僕にはきつかった。さらに背中に背負った五〇リットルリュックは、納品忘れのファックスロールを何十本も抱えて走ったとき以来の、拷問のように感じる重さだった。

息を切らしながら新宿駅の小田急《おだきゅう》線改札口へと向かうと、もう三人ともそこにいて僕を待っていた。ふだんスーツ姿でしか見たことがない野田《のだ》さんは、一目でただのハイキングではないことがわかる登山者の出《い》で立ちだった。その隣にいる、やはり背負ったリュックにカラビナを下げている、こういった出で立ちに慣れていそうな女性が、野田さんの恋人の紘子《ひろこ》さんだろう。

そしてその隣に、先週僕と一緒に買ったゴアテックスの上着を着てはいるが見るからにその格好に慣れていない、まるで野田さんたちを夫婦とすると、その娘のように見えるのが、僕の彼女。

「おはようございます」

ふらふらしながら言うと、黒のジャージの上下にウィンドブレーカーを着た野田さんは、地面に置いた僕よりも一回り大きいリュックをひょいとかつぎ笑った。

「おはよう。中本《なかもと》くん、なんかもう山登り終えたみたいな感じだよ」

「だってこんな時間でこんなに重いもの……」

「中本くんも痩《や》せてる方だけど、さすがに僕よりは体重はあるだろう。大丈夫かな」

野田さんはそう言って笑うと、僕らを促して改札を抜けた。


僕は事務用品や事務機器の製造販売をしている会社に勤めていて、野田さんはその会社の四歳上の先輩にあたる。

かねてから、僕は野田さんが話す登山の話に興味があった。最初は山登りに興味なんかなかったけど、野田さんが言う、普通のトレッキングではなく、渓流をさかのぼっていく沢登りにはなぜか惹《ひ》かれた。

「今度、連れてってあげようか？」

野田さんは言った。いつもはうまい仲間たちや、同じく長い間一緒にやっている紘子さんと行くことが多かったらしいが、「初心者を教えれば、僕自身の勉強になるかもしれないし」と誘ってくれたのだ。

もともと、僕はアウトドアにはほとんど無縁だった。彼女なんかもっとそうだ。月曜から金曜はお互いに忙しくてなかなか会わないが、土日は彼女といつも一緒にいる。しかしその間にやっていることと言えば、一緒にCDを聴いたり本を読んだり映画や芝居を観に行ったりということがほとんどで、友達に借りたクルマでドライブしたり、温泉に一泊で行くのがごくたまにある程度だった。

なぜそんな自分が野田さんが語る沢登りの話に惹かれたのかわからない。そしてなぜ、その話をしたら彼女が「私も行きたいな」と言い出したのかは、もっとわからない。

彼女とは五年前に知りあった。

お互いに二〇歳で、僕のバイト先の社員だったのが彼女だった。

仕事終わりの飲み会があったとき、僕は彼女と初めてちゃんと話した。それまでの印象は、どちらかと言えばあまりいいものではなく、というのも彼女は有名な「仕事の鬼」で、すごくしっかりしてる分、年下のアルバイトならまだしも、先輩や上司にすらいいかげんなことを許さないことで有名だったからだ。

そんな彼女とどうして恋愛話になったのかは覚えていないが、たぶん、僕の中で何かのスイッチが入ったのは、彼女の「つきあった男の人は二人だけ」という台詞《せりふ》だったような気がする。

「それ、多いのかな、少ないのかな?」

実際僕のほうは、一人しかつきあったことがなかった。高校時代まで彼女どころかデートをしたこともなく、大学に入ってようやく彼女ができたけど、その彼女にも半年くらいですぐに振られてしまっていた。

「少ないよ。私の友達はみんな、もっと遊んでるもん」

「じゃあ、もっとたくさんの男とつきあいたいの?」

僕がそう聞くと、彼女はすぐに首を横に振った。

「そんな風には思ってないよ」

僕が「ならいいじゃん」と笑うと、彼女も笑った。

「でも、いまの彼氏とはもうかなり会ってないし」

「どのくらい？」

「二週間くらい」

「たった？」

僕が呆《あき》れたように言うと、彼女は恥ずかしそうに、でも口をとがらせるようにして言い返してきた。

「だって、それまではほとんど毎日一緒にいたもん」

その言い方が可愛らしくて、ふと、僕は彼女を好きになっている自分に気がついた。

「じゃあたった二週間でも、普通の人には二年くらいに相当する倦怠《けんたい》期ってわけだ」

冗談めかしてそう言うと、彼女は真顔で頷《うなず》いた。

「じゃあ、それはもう諦《あきら》めて、三番目の恋でもしたら？」

「このまま彼と会わなかったら、そうなっちゃうんだろうなあ。でも、そんなに出会いもないし、すぐ新しい人が見つかるとも思えないし……なに？」

彼女の言葉の途中で、僕は自分に指をさしていた。

「いるいる」

人さし指を自分の鼻のほうへ近づけるようにして僕は言った。

「三番目、三番目」

しばらくしてようやく意味を理解した彼女は、口をぎゅっとつぐんで鼻の穴を膨らませ、真っ赤になってうつむいた。


僕と彼女にとっては初体験の沢登りに、野田さんは丹沢《たんざわ》のコースを選んでいた。丹沢には都心からでも二時間程度で出合まで行けて、初心者向けでかつ沢登りの面白さを満喫でき、さらに日帰りが可能なコースが多いらしい。

「山で泊まること、ビバークっていうんですよね」

小田急線が代々木上原《よよぎうえはら》を過ぎたころ、缶コーヒーを飲みながら僕は得意気に言った。

「もうそこまで覚えたの？」

野田さんは驚いたような顔をして僕を見た。

「ご覧のとおり体力とか運動とかまったく無縁の生活送ってますけど、もう資料は山ほど買い込んでじっくり読んできてますから。あ、山だけに山ほど、なんちて」

「いや、その格好を見れば準備万端なのわかるよ」

野田さんが笑いながらそう言うと、僕はますます得意気な顔になった。紘子さんが優しく笑って、彼女は呆れたように笑った。

「でしょでしょ。靴はこれトレッキング用で、もちろんリュックの中にはクライミングシューズ、ちょっと小さいかな程度のきつさのものが入ってて、いま上だけ着てるこれもゴアテックスでしょ、Tシャツだってちゃんとウィックロン素材。ザイルはいらないって言われたからお言葉に甘えましたけど、カラビナもスリングもハーネスもエイト環もちゃんと神保町《じんぼうちょう》の専門店で用意ずみです。あ、もちろんコンロもね。そうそう、最近はザイルのこと普通にロープって言うのが一般的なんですよ。野田さん知ってました？」

野田さんは呆れたような感心したような複雑な笑顔を僕に向けた。

「まあ、今のは釈迦《しゃか》に説法だってことくらいわかって言いました」

そう言って大げさに頭を下げると、野田さんと紘子さんは、はははははと声を上げて笑い、彼女はお喋《しゃべ》りな自分の恋人のことを恥ずかしそうにうつむいた。

先々週、彼女はひどい頭痛が続くから病院へ行くと言っていた。「どうだった？」と聞くと、「ただの疲れみたい」とは言っていたが、その後も彼女はあまり調子はよくなさそうで、この沢登りも本当に連れてきていいものなのか僕は悩んだ。しかし彼女は「大丈夫、すごく楽しみにしてるから」と笑顔を向け、僕も頷いた。

そっと彼女の横顔をのぞき見た。度の強い眼鏡のせいで目線は読み取れなかったけど、具合が悪いわけではなさそうで僕はほっとした。

どうしてこの人たちはこんなに軽やかに前に進めるんだろう。

野田さんと紘子さんの背中を見つめて歩き続けながら、僕は何度もそう思った。僕の少し後ろを必死についてくる彼女は、きっともっとそう思っただろう。

小田急線を降りてクルマの入れるところまではタクシーに乗り、出合にたどりつくと、僕たちはトレッキングシューズを脱ぎ、沢登り用のクライミングシューズに履き替えた。

野田さんは大きなビニールのゴミ袋を僕らに渡すと、水に濡《ぬ》れても大丈夫なようにリュックの中身をそれで覆うんだよと教えてくれた。野田さんによるとそこは、真夏になると順番待ちをするくらいの人気コースらしいが、まだ川と呼べる水流の脇を進み始めてみるともう誰に会うこともなかった。

一時間としないうちに、川幅が狭くなってきて、勾配《こうばい》もきつくなってきた。野田さんと紘子さんはときどき振り返って様子を確認していたが、僕たちが真剣に楽しんでいるのを確認すると、よっぽど足場の滑るところでないかぎり、ずっと前を向いたままリズミカルに進んでいった。

ときどき、二人が微笑みあうのが見えた。

野田さんは「まだ会社の連中には言わないでくれ」と言っていたが、来年くらいに紘子さんと結婚することを決めたらしく、その話を聞いていたおかげか、僕には比喩《ひゆ》でなく、とても二人が眩《まぶ》しく見えた。

さっき紘子さんに聞いたら、二人は谷川岳《たにがわだけ》の岩場や北海道の雪山を数日かけて登ったこともあるらしい。僕にはそれが果たしてどの程度過酷でどの程度体力が必要なことなのかは皆目見当もつかなかったが（実際、紘子さんはそんなことができるとはとても思えないくらい華奢《きゃしゃ》だった）、少なくとも自分を連れて登れるこの沢とはまったく意味が違うのだろうということくらいはわかった。

「なんかいいなあ」

滑りやすい岩を一歩越えたところで、僕は振り向いて彼女に手を差し出して言った。

彼女は僕の手をつかむと、その岩をぴょんと飛び越すようにして渡って、目を向けた。

「野田さんたち？」

「うん」

「すごく素敵」

少しスペースができたので、僕は彼女と横並びになって進んだ。

「だよなあ」

「なに？」

僕の言葉が溜息《ためいき》まじりだったことを察して、彼女は僕をちらっと見て、そしてまた自分が踏みしめる目の前の水の流れに目をやった。

「なんか羨《うらや》ましいのと、変な言い方だけど」

僕は言った。

「僕も、君といるときに、誰かにああいう風に見られたい」

彼女はしばらく経ってから、嬉《うれ》しそうな恥ずかしそうな顔を少し僕に向けた。

自分の恋人の自慢をするのもなんだけど、彼女はとても魅力的だと思う。ただそれは、一目会ってすぐにわかる、という類《たぐ》いのものではない。実際、彼女は誰もが認めるような美人ではない。どちらかと言えば、顔立ちも着ているものも地味なほうだと思う。

でもそんなこととは関係ない「魅力」があるのは、彼女を男友達に会わせたときなどによくわかる。

だいたい酒の席などで「俺の彼女」と紹介すると、男友達は一瞬、ほっとしたような表情を浮かべる。それは、自分が連れている恋人のほうが明らかに美人だからなのと、彼女がにこにこと人に緊張をさせない笑顔でいるからの二つが理由だろう。

しかしそんな風に四人で飲んでいると、二時間もすると必ず男友達は、「いいなあ、中本。いいよ、うん」と赤ら顔で彼女を見つめて腕を組んで、自分の恋人を微妙に怒らせてしまったり、あるいは「おまえも中本の彼女みたいに、ちゃんとしろよ！」と理不尽な怒りをぶつけて自分の恋人を泣かせてしまったり、ひどいときなど、僕がトイレに行っている間に、彼女にそっと「内緒で連絡して」と電話番号を書いたメモを渡したりした奴までいた。

要は一緒にいると落ち着く女の子なんだと思う。派手な女と派手につきあいたいという欲求はこの年代の男なら誰でもあると思うが、同時に、彼女みたいな穏やかな女の子を「キープ」したいという欲求も働くのだろう。

僕はその後者だけを選んだ。だから僕の「嫉妬《しっと》」は妙なところで芽生える。

二人で買い物に行ったときのことだ。彼女が可愛らしいスカートや、大人っぽいブラウスを見ていた。ふだん着やすいスウェットやジーンズばかりなので、僕が怪訝《けげん》そうに見ていると、彼女は「似合うと思う？」と恥ずかしそうに聞いてきた。

「似合わないね」

僕は興味なさそうに言った。

「そう？」

彼女はがっかりしたように言って、服を元に戻した。

「似合わないというか、似合ってほしくないね」

僕が言い直すと、彼女は「？」という顔を向けた。

「そんなのが似合って、いい女になられたら困る」

「おんなおんなしてるの、嫌い？」

「そうじゃない。君がきれいになっちゃったら、他の男に取られちゃうじゃん」

僕は本気で言ったのだが、彼女は驚いたように細い目を丸くして僕を見た。

「びっくりした」

「そう？」

「だって普通、男の子は自分の彼女がきれいになるの嬉しいんじゃない？」

僕はふんと鼻を鳴らすポーズをして言った。

「きれいになって他に取られるくらいだったら、ブスのまま僕だけのところにいてもらいたいね」

彼女は一瞬嬉しそうに笑みをこぼしかけたが、すぐに睨《にら》むような顔を作った。

「私のこと、ブスだって思ってるんだ」

「あ」

僕はあたかも失言してしまったかのようなポーズをした。彼女は「もう」と怒った素振りで先を歩いていった。僕は笑ってその後を追った。

「さて、そろそろ最初の見どころ」

水の流れで足を滑らせないことと踏みつけた石が崩れないことに神経をとがらせていると、五メートルほど先で野田さんと紘子さんは立ち止まり、振り返って僕らに笑顔を見せた。気持ちスピードを速めて野田さんたちに追いつくと、ブナの木々に隠れていたが、左に曲がった沢の先に、突然六〜七メートルほどの滝が現れた。

「うわ、すっげー」

僕は思わず声を上げた。向こう側も見えない大滝とまではいかなかったが、木々に囲まれた幅一メートルほどの水流が、ごつごつとした岩にぶつかりながらもほぼ垂直に落下していき、いびつな形ではあるが直径二メートルほどの滝壺《たきつぼ》に音を立てて吸い込まれていく様に、僕は素直に感動した。彼女も、細い目を丸くして、その光景に見とれていた。

「じゃあ、さっそくのお楽しみを」

野田さんはそんな僕らを嬉しそうに見ると、リュックを下ろし、中から慣れた手つきでザイルやカラビナを取りだしていった。僕も慌てて自分のリュックから、道具を一式取りだして乾いた岩の上に並べ始めた。

野田さんと紘子さんはあっというまに腰にハーネスを巻き、そこへカラビナをカチッカチッと気持ちいい音を立てて引っ掛けると、スリングを二本たすき掛けにして、きれいにまとめられたザイルを数メートル分引っ張り出した。

その後で、僕と彼女はその一連の動作をすべて野田さんに教えてもらいながら、ぎこちなくこなしていった。

「じゃあまず僕が登るね。ほらあそことかあそこ、すでにボルトが打ってあるでしょう。そこにカラビナをかけてザイルを通しながら登るので……」

「僕は下で長さに気をつけながらザイルを送る、ですよね」

ザイルをたるませすぎると、万一落ちた場合に体が下まで叩《たた》きつけられてしまう。逆にザイルをぴんと張りすぎると、ホールドに手を伸ばして体を移動させようとしたとき、引っぱられて手や足が届かないことがある。本で仕入れた知識だったが、いざ現場に立ってみると僕は得意そうな顔を作ることもできず、真剣な顔つきで野田さんに言った。

すると野田さんは、困ったようなでもおかしそうな顔をした。

「それは紘子に頼もうかなと思ってたんだけど……」

「ああ、そうですよね、そりゃそうですよね」

ずうずうしく出しゃばったことに真っ赤になると、野田さんも紘子さんも笑った。

「いや、そこまで勉強してきてくれたのなら、中本くんにやってもらうしかなさそうだ。じゃあよろしく」

野田さんは僕に緊張を解きほぐすようににっこり笑い、続けて紘子さんに目線だけで「よろしく」と告げると、さっと滝壺の脇を通って、滝の真下、多少跳ねた水が体にかかるくらいの場所に立った。

それからの光景に僕はただただ驚いた。野田さんは数秒上を見上げると、やにわに右手を上に伸ばし、まるで精巧な時計の歯車がきちんと嚙《か》みあって動いているように、迷いなく右手左手右足左足を、僕からはまったくわからないが間違いなくあるであろう小さな足場にかけてすいすいと登りだした。呆気《あっけ》に取られたあとでふと気づき、ザイルの束を抱えて自分も滝下に移動し、そのたるみの長さに気をつけながらザイルを送った。

野田さんが長い時間止まっていたのは三回だけだった。それも、ザイルをボルトで打ち付けたプロテクションにかけたカラビナに通すときだけで、本当にものの数分で滝を登り切り、僕らからはあっという間に姿が見えなくなった。

「じゃあ引き上げるんで、声かけたらあがってきて。中本くんから」

　見上げると滝の上で飛び出すように出てくる水流の向こうで、野田さんが大声で僕に声をかけた。

「わかりました」

　僕がそう返すと、足元のザイルはするすると引き上げられ、すぐに滝の向こうから滝の脇のボルトのポイントを通過して、腰のハーネスまでぴんと張り詰めた。

　僕は紘子さんに「お願いします」と、彼女に「先に行くよ」と目で合図すると、野田さんに声をかけた。

「いきまーす」

「どうぞ」

　大声で言い合ったが、僕はまず最初の一歩からどうしてよいものか迷った。さっき野田さんはあんなに簡単そうに上がっていったというのに、自分がいったいどこまで手を伸ばせばよいのかもわからない。さらに、自分でも悪い癖だと知りつつもその後の足の動きや進み方を、無理だとわかっているのにシミュレーションしようとしてもいて、おかげで体がまったく動かなくなってしまった。

「大丈夫、よじのぼればいい。万一滑ってもこっちでザイル固定してるから落ちないよ」

　僕の逡巡《しゅんじゅん》している姿を見透かしたように、野田さんが滝の向こうから声をかけた。

　僕は小さな声で「よし」と呟《つぶや》くと、何も見ずに右手をぐいっと伸ばし、最初に人さし指、中指、薬指が摑《つか》んだホールドを信じて、左足を感覚で見つけた足場に乗せて、ぐいっとそのまま体を持ち上げた。

その瞬間、寸前まで鉛の塊のような気すらしていた自分の体が、突然軽くなったような気がした。両手両足がどこかに触れていないと怖いと思い込んでいたが、そのうち二点さえしっかり押さえておけば大丈夫だということも瞬時に悟った。

僕は自分が余計なことを考え出す前に、宙に浮かばせた右足の膝《ひざ》をぐっと曲げて自分の腰の高さくらいのホールドに乗せ、その勢いで体をさらに上へと押し上げた。思わず「うわ、なんかいまオレかっこいい！」と声に出して言いそうになっていた。彼女に「見た？　いまのかっこいいの」と聞きたかったが、紘子さんに笑われそうだと思う前に、下を振り返る勇気がなかった。

僕の動きに気づいたように、野田さんがザイルを少しずつ引き上げ、そのたるみをなくしていった。

ここでようやく、ほんの数十センチだが、自分のまわりを見渡す余裕もできていた。自分の左手が触れるところを、滝が流れている。まっすぐ滝壺に向かうのもあれば、岩に当たって踊るように砕け散っていくものもある。滝に洗われている岩もその隙間隙間はよく見れば苔《こけ》むしているし、直接水流にぶつからない自分の右手の先には、小さな黄色い花まで咲いている。

僕はなぜか嬉《うれ》しくなって、その数メートルの滝と、それをよじ登っている自分に拍手をしてやりたくなっていた。

這《は》いつくばるように最後の岩場を登りきった僕の顔を見て、座ってザイルをたぐっていた野田さんは探るような顔で言った。

「中本くん、もしかして……」

「ええ」

僕は立ち上がると胸を反らせた。

「ハマりました、オレ」

野田さんは器用にザイルをまとめながら、満面の笑みを浮かべた。

そして僕はえらそうに、さっき野田さんがかけてくれたのと同じ台詞《せりふ》を、滝下の向こうの彼女に向かって言った。

やがてザイル越しに、彼女の重みを感じた。セックスのときとはまったく違う、彼女の重みだった。

なんだか、嬉しかった。


二年ほど前、僕は一度だけ浮気をしてしまったことがある。

同期の友達に人数合わせで誘われた合コンで、その女の子と妙に気が合って、電話番号とメールアドレスを交換した。翌日以降、よくメールのやりとりをするようになって、僕は自分に恋人がいることを言えないまま、なんとなく流れでそういうことになってしまった。

僕はそのときいくつかの選択肢を考えては消していった。彼女と別れてこの女の子とつきあう？　それはない。ばれないように両方ともつきあう？　そんな器用なことは僕にはできない。

一度きりのことにして、もう二度と浮気はしない？

たぶんそれが、いちばん自分に無理がなくていちばんいい選択肢のような気がした。

そして僕は後で、この話をした友人全員に「おまえは馬鹿か？」と呆《あき》れられたのだが、彼女にそのことを告白した。一度だけ浮気をしてしまったけど、もう二度としないから許してくれと。

「どうして？」

目にいっぱい涙をためて彼女は言った。僕はひたすら頭を下げ続けた。

「本当にごめん。魔がさしたというか、こんなことは二度とないって誓うから……」

「そうじゃなくて」

彼女は眼鏡をはずして涙を拭《ぬぐ》うと、今度は呆れたような顔になって言った。

「なんで言っちゃうの？　本当にもうしないって思ってるなら、言わないでいてくれればよかったのに」

後で話した友人全員も、彼女の言うことがもっともだと頷《うなず》いた。僕は肝心なところを外してしまうらしい。

それからしばらく彼女はずっと不機嫌だったけど、あるとき、ふっ切れてくれたのかいつものような笑顔を向けてくれた。僕は心の中だけで「ごめんなさい」と叫んで、彼女をぎゅっと抱き寄せた。

そのときに感じた彼女の体温と重みは、いまでも忘れてはいない。

その後も僕ははしゃいでいる自分を抑えられなかった。ほんの数メートルとはいえ、だんだん滝を登るのに体が慣れてきた自分にわくわくし、四〇メートルの大滝に出くわしたときには歓喜の声を素直に上げ、しかし野田さんが「さすがに初心者には危険だから巻道を行こう」と言うと頷きながらも悔しがってもいた。

一〇メートルほどの幅のある緩やかな傾斜の岩場を、敷き詰めるように水がゆっくりと延々流れる場所では何度も足元のあたりや空の景色に目を奪われ、ナメと呼ばれるなだらかな一枚岩で油断した瞬間に足を滑らせ、そのままウォータースライダーのように流されてざぶんと水中に落下、びしょ濡《ぬ》れになったときでさえ笑いが止まらなかった。

沢が次第に細くなって、もうこの先にはザイルや道具を必要とするような滝はないという地点で、僕たちは昼食を摂《と》った。コンビニで買ったおにぎりとフライドチキン、そして沢の水を使ってコンロで茹《ゆ》でたインスタントラーメンだったが、僕はそのうまさに涙を流しそうになった。

「中本くん、彼女とは長いの？」

紘子さんが言った。僕は慌ててかきこんだラーメンにむせながら言った。

「ちょうど五年くらいです。な？」

僕は紘子さんから彼女に目を向けて言った。彼女も笑みを向けて「はい」と頷いた。

「じゃあ二〇歳くらいからずっとなんだ」

「同い年なんですけど、彼女が短大出てデパートに勤めて、大学生だった僕がそこでバイト始めて、で」

「ふーん、結婚は？」

「紘子」

野田さんがたしなめるような口調で笑った。

「ストレートすぎるだろ、いくらなんでも」

「そうかしら」

紘子さんも笑った。

「だって私たち、三年くらいつきあって結婚するけど、正直なことを言えばね、別にそれ、三か月目でしたってよかったのよ」

紘子さんが「ね？」という顔で野田さんを見ると、野田さんは口笛を吹くような素振りで遠くへ目線をやり、僕たちは笑った。

「マリコちゃんはどう？」

「結婚、ですか？」

紘子さんに言われて、彼女は少し困ったような顔をした。

「いずれしたいとは思ってますけど、いまはまだ……」

「中本くん」

彼女が恥ずかしそうにうつむいて言うと、紘子さんが僕に目を向けた。

「がつんと決めなきゃ」

「がつん、ですか」

「彼女みたいないい子、ほっといたらすぐ取られちゃうわよ」

「よーし、じゃあ俺たちも結婚しよう」

僕は宣言でもするかのように言った。野田さんは僕にも紘子さんにも呆れたように肩をすくめ、紘子さんは「じゃあって何よ」と笑い、彼女は困ったような顔のまま、しかし嬉しそうに笑った。


「さて、そろそろ残りを仕上げちゃうか」

食後に、沢でさっと洗ってそのまま水を汲《く》んだ鍋《なべ》で湯をわかして淹《い》れた紅茶を飲みながら、野田さんは言った。

「どうでした？」

野田さんが彼女に言った。

「来る前は大変そうだなって思ってたんですけど、実際やってみたら、すごく楽しくて、なんだか疲れてもいないんです」

彼女は長い髪を後ろでまとめ直しながら言った。

「一度やっちゃうと、みんなハマるんだ。僕もそうだった」

「でしょうね。でも僕、普通の登山やロッククライミングはハマらないと思いますよ」

野田さんの言葉に僕がそう返すと、野田さんは「？」という顔をした。

「僕も全然疲れてないんです。その理由は明確ですよ」

「水」

「です」

あたりまえのように正解を言う紘子さんに、僕は紅茶を一口飲んでから頷いた。

「たぶん、僕にもっと体力もあって、さっきの滝を登るみたいなことに技術的な楽しみを見いだせれば、ロッククライミングとかやりたくなるんでしょうけど、これしかやってなくてこんなこと言うの何ですけど、ずっと水が流れてるから、疲れてもないし楽しくてしょうがないんです。たぶん」

「そうだと思うよ」

野田さんは真顔で頷いた。

「僕もいろんなのをやって、もちろんロッククライミングも普通の登山も大好きだけど、沢登りはなんかね、こうただやってるだけで楽しくなる」

「野田さん、紘子さん」

「何？」

「また連れてってください」

僕が真剣にそう言うので、一瞬ひるんだが野田さんはすぐに愉快そうに笑い出した。彼女も「ぜひ」と笑顔を向けた。

「いつでもどうぞ」

「あ、でも」

僕は素の顔を作って言った。

「毎週は勘弁してください。月イチくらいで。でないと死んじゃいます」

僕が腰をいたわるような仕草をすると、野田さんと紘子さんは笑ったが、なぜか彼女はふっと顔をそむけて笑わなかった。


実を言えば結婚の話をしたのは今回が初めてではなかった。

僕が大学を出て（つまり彼女の職場でのアルバイトも辞めて）就職したばかりのころ、新潟の実家から父がお祝いがてらにと遊びに来たことがあった。

そのとき、僕は彼女を紹介した。彼女はがちがちに緊張していたが、僕のこの調子に乗りやすい性格は父譲りで、つまりは父も陽気なお調子者なので、あっという間に父と彼女は打ち解けた。その翌年の盆に帰省するときには、彼女は夏休みを合わせてくれて、一緒に新潟まで来てくれた。

一度会っただけなのに、父は母に向かって偉そうに彼女のプロフィールを話したり、どれだけいい子なのかと自慢を始めたりして僕は頭を抱えたが、彼女は嬉《うれ》しそうに「おとうさん」と呼びかけた。僕を含めて息子三人の男家族だったせいか、父はでれでれになってその夜は酔うだけ酔って、母はそんな父をずるずると寝室まで引きずる羽目になった。

その後も、父や母が東京に来るときには必ず彼女も一緒にいるようになった。

当然、父も母も、いずれ彼女が本当に自分の娘になると信じている。

でも僕が、彼女に「君のご両親にも会いたいな」と言うと、なぜか彼女はふっと暗い顔になった。家族の話はときどき普通にしているのに、僕が会いたいというときだけ、必ずそうなった。

「まだ無理だよ」

彼女は少し引きつった笑顔を作って言った。

「彼氏がいるってだけで怒りそう?」

僕が聞くと、彼女は少し鼻を膨らませて息を吸った。緊張しているとき、彼女はいつもそうなる。

「かもしれない。ほら私、長女だし」

彼女には妹がいた。でも僕にしてみれば、姉だからだめとか妹だから大丈夫とか、そのへんの事情はまったく理解ができなかった。

それからも何度か僕は彼女に「ご両親に会いたい」と言ったが、彼女の返事はいつもそんな感じで、やがてなんとなく、その話はしなくなっていた。

「もう死んでもいい。本当にうまい。おばちゃん最高」

駅前の大衆食堂でビールをごくごくと飲みながら、山菜の天ぷらをつついた僕は、思わず大声でそう叫んで客たちの笑いを誘った。しかしその瞬間、やはり彼女は笑わなかった。ずっと楽しそうにしているのに、ほんのちょっとの瞬間だけ暗い顔をする。今日で三度目だった。

野田さんと僕は真っ赤になってビールを少しずつ口に運んでいた。

沢が途切れ水がなくなるカレと呼ばれる地点からは、僕たちは黙々とただ山頂に向かって歩いていった。そして、最後に藪《やぶ》をかきわけるようにして標高一六〇〇メートルの山頂にたどりついたとき、僕は一瞬自分がどこにいて何をしているのかを見失った。

そこは、ハイキングの中高年の団体や、カラフルなリュックサックを背負った小学生たちや、デートでちょっと来ましたといった感じのカップルたちがあたりまえのように大勢いて、さっきまでの静寂が嘘のように騒々しい空間だった。

ロッジ風の建物には一〇〇円で見られる望遠鏡もあるし自動販売機もある。それが誰にも会わず、幾度か滝を越えてたどり着いた場所だとは、しばらくの間信じることができなかった。彼女も唖然《あぜん》とその光景を見つめていた。

「どういうルートをたどっても頂上は頂上なんだよ」

僕と彼女が何を思っているのかすべて理解したように、野田さんは言った。

「良し悪しでも、レベルやランクの上下でもなく、まったく同じものが人によってまったく違うものに見える。山に来るとそれがよくわかる」

下りはその普通のハイキングコースを半ば駆け降りるようにして麓《ふもと》までたどりつき、そこから数十分歩いて公道に出てバスで小田急線の駅前まで戻ってきた。そこで野田さんは「世界一おいしいものを食べよう」と古びた大衆食堂に僕たちを連れて行った。野田さんの言うとおり、確かにいつのまにか心地よく疲労していた体に、ビールと天ぷらは気持ちがいいくらい染み込んでいった。

「ブルーローズって知ってる?」

鮮やかな緑色を衣に包んだ大葉の天ぷらを見て、何かを思い出したように紘子さんが突然言った。

「ブルーローズ?」

「青いバラ。バラってね、青い色を自分では出すことができないの。だから英語でブルーローズって、不可能、とか、かなわない望み、って意味なのよ」

「ブルーローズ」

僕と彼女は同時に呟《つぶや》き、目を合わせた。

「でもつい先週くらいのニュースで言ってたんだけど、バイオテクノロジーかなんかで、それが作れるようになっちゃったんだって」

「青いバラが？」

「うん」

紘子さんは頷《うなず》いた。

「それって、夢があることなのかな、ないことなのかな」

紘子さんはまるで哲学者のように「うーん」と唸《うな》った。僕たちは少し面食らっていたが、野田さんはそんな紘子さんに慣れているようで、なんでもないように言った。

「ブルーローズの前に、まずはグリーン天ぷらを冷めないうちに食べることのほうが、先決だな」


帰りの電車で、それまでの活発で慣れた感じが嘘のように、いや活発で慣れているからなのか、野田さんと紘子さんは座席に座るなり、お互いの肩にもたれるようにしてすぐに眠ってしまった。

僕らは声に出さないようにして、その姿を見て笑った。僕は野田さんの真似をして彼女の肩にもたれてみた。

「さっきの」

彼女が言った。顔をくっつけているせいか、その声は左耳と、右の頬あたりからの振動と両方で聞こえてきた。

「さっきのって？」

僕はその姿勢のまま、目の前で眠る二人をぼんやり見ながら聞いた。

「結婚」

「ああ」

僕は言った。正直なことを言えば、僕はいつまでも彼女と一緒にいたいと心から思っていた。ただ、まだ若いせいなのかよくわからないが、「結婚」というものに実感がまるでないのも本音だった。

「本気。じゃあ今すぐって言われると困っちゃうけど」

笑わせるつもりだったが、彼女の肩は揺れなかった。

「君は？」

僕が聞くと、しばらく経ってから彼女は言った。

「わからない。結婚をしたいって気持ちはある。あなたとずっと一緒にいたいって気持ちもある。でもそれがまだ、ひとつになってない感じがする」

「僕が言いたかったのは、まさにそれ」

僕は言った。

「でもいろんな不安もある。極端な話だけど、たとえば結婚したせいで、これまでみたいにうまくいかなくなっちゃったらどうしようとか、結婚して私がすぐ死んじゃったらどうしようとか」

「突然だなあ」

「だからたとえばの話」

いつもだったら冗談めかして話しているようなことだったが、なぜか彼女はちっとも笑おうとはしなかった。今日の数回だけではなく、このところ彼女は少しふさぎこむような感じになることがたまにある。体調が優れないのかと思って、僕はあえていつもそれを聞かなかった。

「よくわからないけど」

僕は言った。

「じゃあいまは一緒にいたいって気持ちを優先して、いつか結婚を意識したらすぐに言い合おう」

彼女の体が少し揺れるのを感じた。僕の言葉を喜んでくれたのか、それともその正反対だったのかはよくわからなかった。

「今日、連れてきてもらって本当によかった」

僕の言葉には返事をせず、やがて彼女は呟くように言った。僕もまったく同じ気持ちだったが、彼女の言い方は僕とは少しニュアンスが違うような気がした。

「また来よう。というか、また連れてきてもらおう」

僕は言った。彼女が頷くのが体から伝わった。

「来たい。来られたらいいな」

「なんだよ。明日《あした》世界が終わっちゃうような言い方だな。大丈夫か？」

僕が言うと、彼女はずいぶん経ってからゆっくり答えた。

「大丈夫よ」

僕はしばらく黙って、いまこの瞬間にいちばんふさわしい言葉を探し、ようやくそれを見つけた。

「これからも二人でたくさん山に登ろう。そのためにもずっと一緒にいよう。でもまず何よりもいますべきことは……」

眠ったままの紘子さんが、居心地のいい場所を探すように野田さんの腕に寄り添い直した。

「眠ろう、二人で」

僕は目を閉じた。やがて、彼女がゆっくり、その重みを僕に預けてきた。

本書は、松久淳『彼女が望むものを与えよ』
（光文社／二〇〇七年三月刊）を著者名を変更
のうえ、文庫化したものです。

彼女《かのじょ》が望《のぞ》むものを与《あた》えよ

サタミシュウ

平成30年 12月25日　初版発行
令和７年 １月10日　４版発行

発行者●山下直久

発行●株式会社KADOKAWA
〒102-8177　東京都千代田区富士見2-13-3
電話　0570-002-301（ナビダイヤル）

角川文庫 21355

印刷所●株式会社KADOKAWA
製本所●株式会社KADOKAWA

表紙画●和田三造

●お問い合わせ
https://www.kadokawa.co.jp/（「お問い合わせ」へお進みください）
※内容によっては、お答えできない場合があります。
※サポートは日本国内のみとさせていただきます。
※Japanese text only

ISBN 978-4-04-107653-8　C0193

JASRAC 出 1812392-404

角川文庫発刊に際して

角川源義

第二次世界大戦の敗北は、軍事力の敗北であった以上に、私たちの若い文化力の敗退であった。私たちの文化が戦争に対して如何に無力であり、単なるあだ花に過ぎなかったかを、私たちは身を以て体験し痛感した。西洋近代文化の摂取にとって、明治以後八十年の歳月は決して短かすぎたとは言えない。にもかかわらず、近代文化の伝統を確立し、自由な批判と柔軟な良識に富む文化層として自らを形成することに私たちは失敗して来た。そしてこれは、各層への文化の普及滲透を任務とする出版人の責任でもあった。

一九四五年以来、私たちは再び振出しに戻り、第一歩から踏み出すことを余儀なくされた。これは大きな不幸ではあるが、反面、これまでの混沌・未熟・歪曲の中にあった我が国の文化に秩序と確たる基礎を齎らすためには絶好の機会でもある。角川書店は、このような祖国の文化的危機にあたり、微力をも顧みず再建の礎石たるべき抱負と決意とをもって出発したが、ここに創立以来の念願を果すべく角川文庫を発刊する。これまで刊行されたあらゆる全集叢書文庫類の長所と短所とを検討し、古今東西の不朽の典籍を、良心的編集のもとに、廉価に、そして書架にふさわしい美本として、多くのひとびとに提供しようとする。しかし私たちは徒らに百科全書的な知識のジレッタントを作ることを目的とせず、あくまで祖国の文化に秩序と再建への道を示し、この文庫を角川書店の栄ある事業として、今後永久に継続発展せしめ、学芸と教養との殿堂として大成せんことを期したい。多くの読書子の愛情ある忠言と支持とによって、この希望と抱負とを完遂せしめられんことを願う。

一九四九年五月三日

角川文庫ベストセラー

私の奴隷になりなさい
サタミシュウ

転職先で既婚の先輩・香奈に出会った僕は、彼女と肉体関係を結び、完全に香奈のペースで関係が進む。そんな中、彼女の家で不審な10本のビデオを発見。そこには、彼女の衝撃の秘密が隠されていた。

ご主人様と呼ばせてください
サタミシュウ

妻が若い男と浮気していることを知った私は、浮気相手を脅して、妻との関係を続けさせた。遠隔操作をしながら思い通りにふたりを調教していくのだ。『私の奴隷になりなさい』に続くSM青春小説第2弾。

おまえ次第
サタミシュウ

29歳の目黒は夫婦仲もよいが、毎夜他の女性たちと「調教癖」にみちたセックスをしていた。そんな目黒が一見地味な繭子に出会い関係をもつが、やがて繭子は目黒の想像を超えていく……SM青春小説第3弾！

はやくいって
サタミシュウ

「奴隷になるのは、窮屈な自分から自由になることだと、ご主人様は教えてくれました」。わたしたちを夢中にさせるこの行為、そして高まる快感。ますます淫らに、スタイリッシュになったSM青春小説第4弾。

恋するおもちゃ
サタミシュウ

「おまえをおもちゃのように扱う」「嬉しいです」——『私の奴隷になりなさい』でまったく新しい官能のありかたを提示し反響を呼んだサタミシュウが、緊張をはらんだ愛とエロスを描く長編小説。

角川文庫ベストセラー

彼女はいいなり　サタミシュウ

1996年の夏。男子高校2年生の美樹は恋人の苑子との初体験を期待していた。だが後輩に寝取られた上に現場を目撃し深く傷つく。しかし美術教師の志保に相談するうち、あらゆる性行為を教わることに……。

かわいい躾　サタミシュウ

26歳の高校教師・美樹は生徒の澄美を見て衝撃を受ける。童貞高校生だった美樹に性の手ほどきをしてくれた志保先生を彷彿とさせたからだ。避けようとしつつも美樹の性癖は徐々に覚醒してしまい……。

SでもMでもなく　これは恋とか愛　サタミシュウ

心にいる女性は二人だけ。二人とも美樹の下を去っていった。そして、いま、美樹は三人目の女性に出会う。これは運命なのか、呪いなのか――。女神、SM、そして愛。著者渾身の「SM青春小説」！

私はただセックスをしてきただけ　サタミシュウ

なぜ私がこうしているのか、それはとても長い話になるわ――。すべては妻が高校生のときに始めた〝遊び〟がきっかけだった。やがてセックスに溺れ、担任教師に調教を施される。奴隷として生きた妻の告白。

約束　石田衣良

池田小学校事件の衝撃から一気呵成に書き上げた表題作はじめ、ささやかで力強い回復・再生の物語を描いた必涙の短編集。人生の道程は時としてあまりにもハードだけど、もういちど歩きだす勇気を、この一冊で。